AF134507

زمن درويش اليافاوي

زمن درويش اليافاوي

قصص

عاطف أبو سيف

دار جامعة حمد بن خليفة للنشر
HAMAD BIN KHALIFA UNIVERSITY PRESS

الطبعة العربية الأولى عام ٢٠١٧

دار جامعة حمد بن خليفة للنشر
صندوق بريد ٥٨٢٥
الدوحة، دولة قطر

www.hbkupress.com

زمن درويش اليافاوي

حقوق النشر © عاطف أبو سيف، ٢٠١٧
الحقوق الفكرية للمؤلف محفوظة

صور الغلاف: BortN66 / Shutterstock.com
vvoe / Shutterstock.com
Shane Myers Photography / Shutterstock.com
eFesenko / Shutterstock.com
Alex_Vinci / Shutterstock.com
Sakda Narathipwan / Shutterstock.com

جميع الحقوق محفوظة.
لا يجوز استخدام أو إعادة طباعة أي جزء من هذا الكتاب بأي طريقة بدون الحصول على الموافقة الخطية من الناشر باستثناء في حالة الاقتباسات المختصرة التي تتجسد في الدراسات النقدية أو المراجعات.

الترقيم الدولي: ٩٧٨٩٩٢٧١١٩٦٣٧

MIX
Paper from responsible sources
FSC® C020471

تمت الطباعة في بريطانيا العظمى بمعرفة CPI Group (UK) Ltd., Croydon CR0 4YY.

مكتبة قطر الوطنية بيانات الفهرسة -أثناء -النشر (فان)

أبو سيف، عاطف، مؤلف.

زمن درويش اليافوي : قصص / عاطف أبو سيف. – الطبعة العربية الأولي. – الدوحة : دار جامعة حمد بن خليقة للنشر ، 2017.

صفحة ؛ سم

تدمك : 978-9927-119-63-7

1. الفلسطينيون – قصص. 2. غزة (فلسطين) – قصص. 3. النزاع العربي الإسرائيلي – قصص. ج. العنوان.

PJ7908.S29 Z35 2017

892.737 – dc 23

إلى روح زيد أبو العلا

المحتويات

صباح غير عادي ٩
موت مفاجئ ١١
لقاء إكسكلوسف exclusive ١٧
معجزة ٢١
البيت.................................. ٢٥
زمن الصورة ٣٣
عضو المجلس التشريعي ٣٧
الكابونة ٤٣
المهاتفة ٤٩
النرجيلة ٥٣
اليانصيب.............................. ٥٩
درويش يتظاهر في ميدان فلسطين ٧٣
درويش يشتاق للربيع ٨١
الحب لا ينتهي.......................... ٨٧
هجرة قصيرة ٩٥
البحث عن قوس قزح ١٠٣
صباح الخير أيها الماضي الجميل ١٠٩

٧

صباح غير عادي

لم يكن هذا الصباح عاديًا على الإطلاق. حتى الشمس تأخرت في الصعود من مرقدها في الشرق رغم سطوة تموز (يوليو).

بائع الحليب لم يزعق بصوته المعتاد، ولم تمر المرأة العجوز لتعرض على الجيران الخضروات الطازجة. والصياد أيضًا لم يطرق أبواب البيوت يحمل سلته الممتلئة بالأسماك، وكلما بحلق الزبائن في سمكه أخذ يروي كيف كان البحر قاسيًا وعنيدًا تلك الليلة.

حتى سيارة الشرطة لم تمر بصوتها المزعج، ولا سيارة وكالة الغوث سمع صوتها وهي تحمل حاوية القمامة في وسط الشارع لتدلقها في مكب النفايات على طرف حقول الشوك.

كما أن نحنحة الرجل العجوز الذي يسكن في الجوار لم تملأ الصباح بالضوضاء وهو يسعل مع أول سيجارة يلفها كل يوم. ليس هذا فحسب بل إن ديك الجيران لم يرفع عقيرته كما يفعل عادة بين الفترة والأخرى، حتى كأن الدجاجات لم يضعن بيضهن.

والنسوة لم يثرثرن وهن يحملن السلال عائدات من السوق الكبير، والأطفال لم يصرخوا احتجاجًا على تأخر المصروف أو عدم كفايته. وما رفع الجار الشاب الذي ما زال عاطلًا عن العمل صوت جهاز التسجيل وهو يسمع أم كلثوم على الريق كعادته رغم

استهجان كل الجيران واحتجاجهم. وأكثر من ذلك لم تفح رائحة القهوة من نوافذ البيوت، ولم تتسرب رائحة الفلافل من الدكان على طرف الشارع، ولا حتى شقشقة العصافير على شجرة الكينا التي تتوسط بيت الجيران.

وعلى غير عادتها لم تزعق الجارة الشابة على طفلها الذي لم يبلغ الرابعة حين يفلت منها ويخرج للزقاق بينما هي منهمكة في تنظيف البيت، كما أنها ربما نسيت أن تقف على الباب مع بقية نسوة الزقاق يتراشقن «صباح الخير» وبعض أحاديث الصباح الخاصة جدًا، بصوت قلما ينتبهن إلى أن الآخرين يسمعونه قبل أن يدلفن للبيوت.

وعلى غير عادتها لم تسُبَّ أم فوزي الأطفال الذين يشاكسون بطَّاتها الجميلات اللاتي يتبخترن في الزقاق قبل أن تدخلهن عند الضحى للخُمّ، ثم لا بد أنها ستعاود إعطاءهن فسحة أخرى في المساء. وأيضًا على غير عادته لم يقل الجار بائع الفواكه ذو الكرش البطيخة لزوجته بصوته الجهير أن تأخذ بالها من الأولاد ولا تتركهم يلعبون في الشارع. «السيارات مجنونة».

لم يمر الصبية من تحت النافذة كعادتهم في الطريق إلى المدرسة، ولم يعلُ صوت أطفال المدارس من مكبرات الصوت وهم يرددون النشيد الوطني وأيديهم تضرب على جنوبهم بحماسة.

لا شيء عاديًا في هذا الصباح. نظر إلى ساعة الجدار. مضى الصباح منذ ساعات والنوم أخذه أكثر مما يجب. لم يكن هناك ما يفعله ليستدرك النهار، فقد مضى نصفه تقريبًا وهذا يكفي ـ كما قال لنفسه ـ لأن يدرك أن هذا النهار غير عادي إطلاقًا، لذا قرر أن يبقى في البيت. قال لنفسه «مثل هذه النهارات تثير الخوف»، وود لو يستطيع العودة للنوم مرة أخرى.

موت مفاجئ

كانت الشمس مثل برتقالة تغطس في البحر، وسفن الصيادين بدأت في الاختفاء خلف العتمة. خرج الناس من صلاة المغرب. وكان الغبار ينتشر في سحابات منخفضة، وصوت الرجل ذو الكرش البرميل من تلفاز الجيران يتحدث عن البطولة وتحدي الجدار ويقول أشياء كثيرة مشفوعة بآيات القرآن وأبيات الشعر دون أن يذكر شيئًا عن معاناة الناس. غاص المخيم في العتمة إذ أن الكهرباء لم تزر بيوته منذ يومين. فقط حين بدأ باب البيت يطرق جاء ضوء صغير من خلف الباب متسللًا من فتحاته الجانبية. كان الطارق يُخبر درويش بأن والده قد مات.

مات أبو درويش. مات وحيدًا أيضًا. عاش السنوات العشر الأخيرة من حياته وحيدًا. رفض كل توسلات درويش أن ينتقل للعيش معه، «على الأقل بنسلّي بعض». رد عليه بأنه يتسلى بسماع الأخبار.

كان أبو درويش مدمنًا على سماع الأخبار. لديه عادتان: الحديث عن يافا وسماع نشرات الأخبار. أما عادته الأولى فهو بارع فيها، يتحدث عن الميناء وليالي الصيد والسينما التي اعتاد أن يأخذ

أم درويش إليها منذ كانا مخطوبين. يذكر جيدًا قاعة السينما ودرجاتها الإسمنتية.

كان يجلس أمام بيته ليتذكر تلك الأيام مع من هم في عمره، أو واضعًا الراديو قرب أذنه، بينما أصابعه المرتجفة تعبث بمؤشر الراديو قبل أن يستقر على محطة. وكانت المحطات التي يستمع إليها أبو درويش قليلة ويعرفها من صوت المذيع. أصابع يديه صُبغت بالأصفر الباهت المشوب بالاخضرار من كثرة ما كان يلف التبغ، سيجارة وراء سيجارة، ويسعل ويصدر صوتًا حادًّا. لم يكن ليُغير عادته تلك.

كانت الحياة تعني له أشياء قليلة، لكنها تلك الأشياء التي دفنها خلفه في الماضي حين ترك البيت في يافا وحمل أطفاله ولجأ إلى غزة، ثم قبل أن يتركه أولاده كلهم -إلا درويش- ويختاروا المنافي البعيدة. كان يعتب عليهم كثيرًا، وكثيرًا ما يشعر بالسخط أنهم تركوه وحيدًا، اختاروا المنافي البعيدة، تحججوا بالتعليم والعمل، لكنهم لم يعودوا. في المرات القليلة التي يعودون فيها بالصيف لزيارته مصطحبين أطفالهم كانوا يعدونه بأنهم في المرة القادمة ربما سيبقون بجواره ولن يتركوه، لكن هذه المرة عليهم إنجاز بعض الأعمال. ومنذ خمس عشرة سنة لم يعودوا. اكتفوا بالرسائل التي يبعثون بها له ويقرأها له درويش بعد أن ضعف بصره.

درويش اختار أن يظل في غزة. كان يقول له:

- فيك الخير.

ثم يستطرد:

- يعني بكفِّي طلعنا من يافا وصار فينا اللي صار، وين بدنا نروح؟

ثم يهز رأسه بمرارة قبل أن يواصل:

- بس انشا الله يكونوا إخوتك مرتاحين برا في البلاد اللي هم فيها.

ورث درويش عن أبيه هذا الصمت الغامق الذي لا يتحول إلى الأسود. كان يترك بصيصًا من اللون الأبيض في القاع سرعان ما يسعفه ببعض الأمل. أمل يكفيه لأن يبتسم رغم كل شيء. رغم هذا فإن نشرات الأخبار التي بقي أبو درويش يسمعها طوال خمسين سنة لم تجلب له حسن الحظ، كما لم تجلب له خبرًا سعيدًا واحدًا. هكذا كان يقول، ويهرب من سوء القدر هذا بحكايات عن يافا يرتق بها شباك الحاضر علَّه يصطاد لحظة فرح، ولو كانت قديمة.

هكذا مات أبو درويش، وحيدًا. ربما بصحبة الراديو، ربما بصحبة حكاية قديمة كان يتذكرها، ربما ببسمة أمل كان يحاول رسمها، أو أمنية كان يعاود الإمساك بها.. أن يعود أبناؤه أو يرجع هو إلى ماضيه الجميل.

لكنه مات هكذا..

التمَّ أهل الحارة على درويش يعزونه بوالده. قفزت الدمعات من عينيه، انتحى جانبًا وأخذ ينتحب. بلل الدمع خديه وشفتيه. نظر إلى بيت والده ذي الغرفتين حيث عاش طفولته. دخل البيت وأحكم إغلاق الباب. كان صوت الناس المتجمهرين يقول أشياء كثيرة من باب اتركوه يفضفض عن حزنه.

كان والده مسجى في الغرفة الكبيرة، اصطلاحًا لتمييزها عن الغرفة الأخرى، أو الغرفة الشمالية، كما كان يفضل أبو درويش تسميتها. كانت عيناه ما زالتا مفتوحتين وهو مسجىً على الطاولة الخشبية القديمة بينما ينام الراديو بلا حركة ولا صوت. فقط ثمة صوت لصنبور ماء ينز قطرة قطرة. قام درويش إلى الحمام وأحكم إغلاق الصنبور بعد أن مسح وجهه بالماء وخرج للناس.

عند صلاة العشاء خرج موكب الجنازة من البيت إلى الجامع الكبير ليُصلى على أبو درويش ثم إلى المقبرة قرب حقول الشوك في طريق البحر.

سار الموكب بصمت إلا من صوت أحدهم يدعو الجميع إلى ذكر الله من وقت لآخر. بدأت رائحة أشجار الشوك تقول إن المقبرة اقتربت. أشعلوا مصابيح الكهرباء المحمولة، ثم موعظة ارتجلها شاب من العائلة، وبعدها عاد الجميع أدراجهم إلى بيت أبو درويش، حيث أُتفق أن ينصب بيت العزاء في شارع الحارة صباحًا.

«الصباح رباح».

هكذا قال المختار ثم طلب من الجميع أن ينصرفوا ليتركوا درويش يرتاح قليلًا.

لم ينم. جلست النسوة مع ابنته ليلى وطفله يواسينهما، وكن يتشحن بالسواد ويضعن أيديهن على خدودهن، وليلى واجمة تعرف الحزن ولا تعرف كيف تتحمله. هكذا انهارت بين يدي والدها حين دلف إلى الغرفة.

في الليل أخذ يقلب دفتره الصغير يبحث عن أرقام إخوته ليبلغهم بموت والدهم. لم يهاتفهم قط. هم من يتصلون به وبوالده

عبر بيت المختار الذي كان أول من امتلك هاتفًا في الحارة. دائمًا يتركون أرقام هواتفهم في أسفل كل رسالة يرسلونها. تناول آخر الرسائل ونقل عنها الأرقام. ذهب لبيت المختار ليهاتفهم. باءت كل محاولاته بالفشل إذ أن الأرقام ترن دون إجابة، قال لنفسه ربما غيروا أرقامهم أو انتقلوا إلى بلاد جديدة، فهم كثيرو التنقل. طمأن نفسه بأنه سيخبرهم حين يتصلون به في المرة القادمة.

نظر إلى راديو أبيه.

ربما الشيء الوحيد الذي لم يرثه درويش عن أبيه هو شغفه بالأخبار. درويش لم يكن يحب سماع الأخبار، لا يذكر أنه جلس وحده يومًا يستمع لنشرة. قد يفعل ذلك حين تستمع ليلى ابنته لها، أو يفعل ذلك حين كانت آمنة تقلب التلفاز الأسود والأبيض تنتظر مسلسل المساء بعد نشرة الأخبار على القناة الأولى المصرية. أما هو فلم يكن يفعل ذلك.

أخذ يتأمل الراديو القديم الملفوف بغلاف جلدي بني اللون. حاول تشغيله فلم يفلح. يبدو أن بطاريته فارغة. لم يهتم كثيرًا للسبب. قرر وضع الجهاز فوق الخزانة ليظل ذكرى من والده. فهو ليس بحاجة لسماع الأخبار أو انتظارها مثل والده الذي مات دون أن يأتيه مؤشر الراديو بخبر يفرحه حقًا. من مأساة لمأساة ومن حزن لآخر، ولم يزهق أبو درويش. أما درويش فليس بحاجة لذلك. يكفيه أن يحتفظ بالراديو ذكرى من والده، أما الأخبار الجيدة فليست بحاجة لنشرة أخبار لكي تصل.

لقاء إكسكلوسف exclusive

من يطرق الباب في مثل هذا الصباح من يوم الجمعة! قرر أن يتجاهل الطرق الملحاح الذي يعكر عليه صفو نومه. فتح عينيه على مضض وحمل نفسه على السير بخطى ثقيلة نحو الباب الصفيح بني اللون، وهو يسب الجيران الذين يعشقون مشاكسة الآخرين. كان طفله الذي لم يتجاوز عشرة أعوام قد خرج منذ الصباح يلهو مع الآخرين في الأزقة، وليلى ذهبت لعيادة خالتها المريضة. وحده كان ينعم بهدوء العطلة اليتيمة في الأسبوع.

أمام الباب وقف شابٌ في أواخر العشرينيات وفتاتان، إحداهما تحمل كاميرا تصوير تلفزيوني. فرك عينيه قبل أن يرد على الشاب: «صباح الخير».

كان أطفال الحارة قد تجمهروا ليشهدوا الحدث الكبير.

«الصحافة تريده!».

«الصحافة بتدوِّر على درويش».

«بدهم يعملوا معه مقابلة».

هكذا يقول الناس لبعضهم البعض، وكانوا يقصدونه، في نبرة تراوحت بين الغيرة والحسد والاستهجان. ضحك بينه وبين نفسه.

شرح له الشاب باقتضاب ووضوح سبب هذه الزيارة الهامة. قال إن الفتاتين الإيطاليتين تعدان فيلمًا سينمائيًا عن الكوارث والأزمات في العالم. وفيما كانتا تستعرضان أرشيف الأخبار المصورة عن الوضع في غزة، توقفتا مطولًا عند صورة لرجل كان يشارك في جنازة طفل قُتل في الأحداث. كان الرجل يقف قرب الجسد المسجى بكبرياء والدمعة تنزل من عينه.

كان ذلك هو.

قال الشاب إن الأمر اقتضى من الفتاتين ثلاثة أشهر لتعرفا أنه هو الشخص المعني، وأنهما تودَّان كثيرًا أن يستعيد اللحظة ذاتها.

الجميع يجلسون الآن في الغرفة الصغيرة التي يستقبل فيها الضيوف نهارًا وفي الليل ينام فيها طفلاه. ابنته ليلى عادت على عجل أمام تناقل الناس الخبر العاجل بأن الصحافة في بيتهم، وطفله مشغول بصد أولاد الجيران عن باب البيت بزهو وغرور، فالمقصود أبوه، وفي نشرة المساء سيكونون على التلفزيون. أي غيرة أصابت الآخرين!

بعد برهة صمت سأل: يعني بدهم إياني أمثّل؟

رد الشاب أن الفيلم الذي يعدونه مهم جدًا وأن الكثير من الشخصيات العالمية ستظهر فيه تتحدث عن ردة فعلها على الكوارث التي تحيق بالعالم، ومن المهم أن يكون فيه. ومن يدري ربما أصبح مشهورًا بعد ذلك، كما أردف الشاب وهو يمد الشاي الذي جاءت به ليلى للفتاتين وهما تهزان رأسيهما موافقتين على كل كلمة يقولها دون أن تفهما شيئًا.

صاحبة الكاميرا قالت بالإيطالية إن صورته وهو يبكي في

تلك الجنازة جعلتها تبكي. ثم بعربية مكسرة: «كنت كتيير حزين... molto».

كان الأمر مغريًا، لكن كما قال للشاب بإمكانهم استخدام الصورة الحقيقية التي بثتها وكالات الأنباء. أشاح الشاب برأسه هذه المرة دون أن يطلب رأي الفتاتين بأن القصد صورة حقيقية.

- كيف يعني صورة حقيقية؟ بدك إياني أمثِّل وبتقولي صورة حقيقية!

- قصدي صورة مخصصة للفيلم.

ليلى هذه المرة قالت:

- يعني يصير ممثل.

الشاب قال إن الأمر يعود عليه بالمال. «ألف يورو وكل العملية لن تستغرق أكثر من نصف ساعة. نذهب إلى جنازة أي شاب يقتل».

صمت ثم أضاف: ربما بعد ساعة، تعرف كل يوم هناك جنازة لشهيد، وتسير أنت في الجنازة. تبكي طبعًا وانتهى الأمر. الأمر طبيعي جدًا.

حاولت هذه المرة ليلى أن تؤثر على قراره حين قالت بدهشة: ألف يورو!

رد الشاب بإغراء: ألف يورو.

سحب نفسًا من سيجارته التي كان قد أشعلها قبل قليل ثم قال للشاب: لكن كيف تريدني أن أبكي في الجنازة القادمة؟

رد الشاب بتلقائية: كما بكيت أول مرة.

- لكن في تلك المرة كانت تلك جنازة جارنا الطفل الصغير الذي تربَّى بيننا وكان مثل ابني.

- كل الشباب زي أولادك.

- صحيح ولكن..

غمز الشاب بعينه محاولًا اللعب على وتر عواطفه ومواقفه الوطنية.

- المهم أن يكون الفيلم في صالحنا.

- لكن لماذا لا يقومون بتصوير والد أو والدة الشاب صاحب الجنازة القادمة؟

ويبدو أن صاحبة الكاميرا فهمت أنه يتمنع فتدخلت: إنت مش فاهم.

ثم بالإيطالية:

- الأمر مهم. أنا أريد أن يرى العالم كمَّ الحزن هنا. أنت بارع في إظهار هذا الحزن. ليس أي شخص يستطيع ذلك.

ما إن أنهى الشاب ترجمته حتى قال، وهو ينظر في كوب الشاي الفارغ، وينتشل عرق النعنع من قاعه: هذا الحزن الذي تتحدث عنه ألم شخصي لا يمكن تمثيله أو استعادته. الحزن شيء شخصي كيف تريدني أن أُمثّله؟

- لا تُعقد الأمور. إنها أبسط مما تتصور.

- إذا كانت كذلك فاذهبوا لشخص آخر.

حين كان الفريق التلفزيوني يخرج من باب البيت كان طفله يقول لصديقه:

- اليوم أبوي بِطلَع على التلفزيون وأبوك لأ، عشان تعرف إنه أبوي أحسن من أبوك.

وبدأ الاثنان في التشاجر كالعادة.

معجزة

هذا الصباح بحاجة لمعجزة لكي يصبح جميلًا.
قبل أن تدق ساعة المنبه كان عمال النظافة يملؤون الحارة ضجيجًا، وشاحنتهم الضخمة تجأر بغضب.
وقبل أن يصحو من النوم طرق موظف البلدية الباب وبجواره الشرطي ليقول له إن لم يدفع فاتورة الكهرباء المتأخرة منذ تسعة شهور سيُسجن. لم تنفع مرافعته عن البطالة وتدهور الحال.
على كلٍ، في الشارع كان الأطفال عائدين للتو من المدرسة وبأيديهم شهاداتهم بعد انتهاء الامتحانات، وكان طفله يحمل شهادته المليئة بالدوائر الحمراء علامة على الرسوب. أحزنه كثيرًا أن طفله الجميل (أجمل أطفاله) لا يفلح في المدرسة.
عند الظهر كان الراديو يقرأ نشرة الأخبار ويقول إن السلطات قررت تمديد فترة إغلاق الحاجز. هذا يعني ضمن أشياء كثيرة أنه لن يتمكن من الذهاب لعمله. هز رأسه بمرارة: «بزيادة أسبوع». مرت شهور ثمانية على المنوال نفسه.
للمرة الخامسة يذهب هذا العصر إلى النقطة العسكرية ينتظر أن يطل رأس ابنه من نافذة الحافلة التي تقل المسجونين الذين أفرجت

عنهم اتفاقية السلام. تأتي الحافلة ولا يأتي رأس ابنه، وتظل حركة يده إشارة باهتة في الفراغ. فيما مضى حين كانت آمنة حية كان يعود إلى البيت تنتظره يدها الحنونة تمسد على ظهره وهو يحاول أن يحبس دمعه.

«ما علينا، المرة الجاي انشا الله، الله كبير».

حتى مؤذن الجامع تأخر في رفع أذان المغرب. كان يجلس مع العائلة خلف المائدة بعد صيام يوم طويل. التفت نحو النافذة، يرى من بعيد المئذنة الشاهقة ولا يسمع الصوت الذي ينتظر. «خمس دقائق وقت طويل. لا بد أن الشيخ محسن نسي نفسه ونسي أننا ننتظره»، وطلب منهم أن يأكلوا.

بعد قليل سيرتفع صوت الزوجين الشابين وهما يتقاتلان مثل عادتهما بين فترة وأخرى، وسيقرر هذه المرة ألا يخرج لفك الاشتباك.

«صارت عادة عندهم».

لكنه سيتجمد حين يسمع صوت سيارة الشرطة وهي تزعق قبل أن تقف لتفك الاشتباك بالقوة.

فقط في آخر الليل، وبينما كان يجلس بجوار ليلى لحضور المسلسل التلفزيوني الذي يحبانه، سيهرع ابنه الصغير قادمًا من الخارج وهو يهتف أن عمه جاء من السفر. درويش سينظر إلى ليلى قبل أن يكمل التحديق في التلفزيون. كأن الأمر مجرد لعبة من ألعاب الطفل. ليلى ستمسك بـ«الريموت» وتضغط على زر الإطفاء. كأنها تقترح أن الأمر يستحق عناء الاهتمام.

لم يكن قد رأى أيًا من إخوته منذ قرابة أربعة عقود، منذ الحرب. وهكذا بلا مقدمات يجد أحدهم أمامه.

قبل أن يفتح الباب كانت يد أخيه الأكبر تمسك المقبض وتدفع الباب بحنين يكفي للبكاء من أربع عيون، فيما الجميع يحدقون في مشهد يليق أن يكون نهاية هذا اليوم المزعج.

من قال إن زمن المعجزات قد انتهى.

البيت

ثلاث طرقات على الباب قبل أن تندفع ابنته ليلى لتفتح. كان الشيخ محسن يقف متكئًا على عكازه البني الطويل. قفز عن الأرض مسرعًا ليرحب بالشيخ: شرفتنا.

قال للشيخ وهو يقوده إلى صالة البيت الصغيرة. هذه المرة الأولى التي يدخل فيها الشيخ محسن إلى بيته. الشيخ إمام الجامع الكبير في المخيم، وكان يحب خطبته يوم الجمعة. وكان كبير الحارة أيضًا، رجل وجاهة. بعد أن أجلس الشيخ قام للمطبخ ليعد له الشاي. ناداه الشيخ: يا درويش خلي الشاي بعدين.

- سلامة قيمتك يا شيخ.

خرج من المطبخ وهو يقول للشيخ: «دقائق بكون الشاي جاهز، أنا عارفك ما بتحب القهوة». هز الشيخ رأسه، وأخذ يتلهى بمسبحته الطويلة التي يشاع أنه خرج بها من يافا قبل الحرب. كانت مسبحة والده الذي كان شيخًا أيضًا، فقد ورث الشيخ محسن عن أبيه إمامة الجامع.

كان درويش مطأطئًا يفكر مليًا في سبب هذه الزيارة المفاجئة، فالشيخ لم يزره قبل ذلك، كما أنه لا تربطه به أي قرابة عائلية. حتى

٢٥

يوم وفاة آمنة جاء الشيخ إلى بيت العزاء الذي نصبوه في شارع الحارة، ألقى موعظة صغيرة وذهب. أيضًا يوم مات والده جاء الشيخ لبيت العزاء ألقى موعظة وذهب. أما يوم اعتقل الجنود ابنه فلم يأت لمواساته كما فعل كل سكان الحارة.

أخرجته رائحة الشاي من شروده، فهبَّ واقفًا. بعد دقيقة عاد يحمل الصينية وكوبين فارغين وغلاية الشاي. ما إن وضعها على الأرض حتى كان ابنه يدلف من الباب يحمل حقيبته المدرسية التي سرعان ما وضعها جانبًا وخرج يلهو مع أبناء الجيران. ناداه درويش:
تعال سلِّم على سيدنا الشيخ.

عاد الطفل الذي لم يبلغ التسع سنين وسلَّم على الشيخ وانصرف بخطوات متعثرة. انشغل درويش في صب الشاي، وكان يسأل نفسه متى سيبدأ الشيخ بالحديث. لم يتركه الشيخ محسن لحيرته وقتًا طويلًا، فارتفع صوته فجأة مفعمًا باليقين وثبات الرأي.
– بتعرف يا درويش الإخوان بدهم يبنوا جامع جديد، الناس الحمد لله تُقبل على الدين، وبفكروا يبنوا جامع في حارتنا.

إذا كان الأمر كذلك، كما قال درويش لنفسه، فها قد عرف السبب. ولكن ما دخله هو بهذه القصص! ربما الشيخ محسن يريده أن يتبرع بشيء مثلًا، أو يريده أن يساعدهم في البناء. لكنه لم يعمل منذ سنوات ومقدرته على تحمل التعب محدودة. هو في الحقيقة لا يحب أن يتعب. ما علاقته هو بهذه الفكرة: بناء جامع جديد؟
كان صوت الشيخ محسن أكثر يقينًا هذه المرة وهو يتناول

كوب الشاي ويرفعه إلى فمه بطريقة أوتوماتيكية فلا يمس شعر ذقنه الأبيض.

- وأنت يا درويش لك دور كبير في تحقيق ذلك. نحن ثقتنا فيك عالية، وأنا متأكد أنك أهل لهذه الثقة. بتعرف بناء الجامع مهمتنا كلنا. لازم في الحارة نتكاتف لكي نُنجح الفكرة. حارتنا بحاجة لجامع.

الحارة بحاجة لأشياء كثيرة، لكن درويش هز رأسه وهو يقول للشيخ:

- إذا إنت بتقول هيك، كلامك صح.

رد الشيخ بقليل من الغضب الذي غلفه بابتسامة مسحها على شفتيه:

- أنت كمان لازم تشوف هيك يا درويش.

رفع درويش كوب الشاي إلى فمه مدركًا أكثر هذه المرة أن في الأمر «إنّ»، كما كان يقول والده. الأمر لا علاقة له بفكرة بناء الجامع، وزيارة الشيخ محسن تتعلق به شخصيًا، أي بدرويش نفسه. ثمة خطب لا يعرفه. آثر الانتظار حتى يطرح الشيخ الأمر بنفسه. «أي تساؤل قد يساء فهمه».

واسى نفسه قليلًا منتظرًا من الشيخ أن يبادر بالحديث:

- الإخوان فكروا كتيييييير في مكان الجامع. أنت عارف الجامع شيء مهم في حياة الناس. الحمد لله صارت الناس ترجع لربنا وتعرف قيمة الجامع.

رد درويش بعفوية: بس الناس دايمًا كانت بتعرف الله يا سيدنا.

أشاح الشيخ بوجهه جانبًا. حرك مسبحته بتوتر كأنه ينفض عنها ما علق من حديث درويش الآثم وقال بسرعة: مش كتير، صدقني.
ساد صمت كسره الشيخ حين واصل:
- ما علينا يا درويش. الحمد لله فإن هداية الله قد عمَّت البشر. الإخوان حابين يكون الجامع الجديد في قلب الحارة. يعني عشان الكل يقدر يصله. إن الله يحب أن يُيسر الدين لعبيده، أنت تعرف فالدين دين يسر. وبعد طول تفكير اتفق الإخوان بعد التوكل على الله أن يكون الجامع مكان بيتك.

أخذ درويش على حين غرة. وضع الكوبَ على الصينية فارتطم بها. كان صوت الارتطام ينبئ بردة فعل درويش، أو على الأقل بالغضب الذي بدأ ينمو في داخله. كان سؤاله، من وجهة نظر الشيخ، يحمل بعض «قلة الأدب» وسوء المعاملة. قال درويش:
- كيف يعني؟
- يعني بيتك يصير جامعًا. تخيل يا درويش المكرمة الربانية؟ بيتك يصير بيت الله. اللللللللللللله يا لها من مكرمة. يا بختك.
- وأنا وين أروح؟
- الإخوان بدهم يشتروا البيت منك ويهدموه ويبنوا مكانه مركز ديني ضخم.. جامع ودار لتحفيظ الأطفال القرآن الكريم وجمعية خيرية. بدنا النور يعمّ على حارتنا يا درويش. بكفي الظلام اللي عاشت فيه.
وجد درويش نفسه فجأة مدافعًا عن الحارة.
- بس حارتنا كويسة. الناس بتصلي وبتصوم. وظلام شو اللي

بتحكي عنه، الله يسامحك يا شيخ. بعدين بصراحة يا سيدنا الجامع الكبير بكفي، حارتنا بعيدة عنه شارع واحد، كمان الجامع اللي بنوه قبل سنة في الحارة اللي ورانا قريب منا.

- أتحسد الله على كثرة محبيه وعابديه وبيوته؟ أنا لن أجادلك فأنت لا تعرف. المهم يريد الإخوان أن يشتروا منك البيت وسيدفعون لك ما تريد.

- ما بدي أبيع البيت بصراحة. بتعرف بيت العمر. خليهم يشوفوا بيت تاني إذا ولا بد.

- نحن سنبني جامعًا في الحارة، يعني سنبني جامعًا لا مناص. وبيتك موقعه على تقاطع الشارعين الأساسيين في الحارة، وهو أفضل مكان لبناء الجامع. إنها أمانة ومهمة عظيمة يا درويش لا تجعل الأجر يفوتك.

لاحظ درويش أن لغة الشيخ أصبحت كلها بالفصحى وصار صوته أكثر علوًّا. رد بعد أن تنحنح كأنه يستجمع قوة صوته: بس أنا ما بدي أبيع بيتي.

- الإخوان سيدفعون ما تشاء. البيت لا يساوي أكثر من خمسة عشر ألف دينار. الإخوان سيدفعون عشرين. لا تبخل عليهم وتقرب معهم إلى الله.

- القصة مش قصة فلوس.

- ثلاثون ألفًا، ماذا قلت؟

- والله القصة مش قصة فلوس يا سيدنا، أنت عارف طول عمري عايش الحيط الحيط وبقول يا الله الستر.

- أربعون ألفًا؟ هذا أغلى سعر لأي بيت في المخيم. المبلغ

سينتشلك مما أنت فيه ويرفعك لفوق، هذا بجانب الأجر الكبير والفوز الذي ستناله بإعمار بيوت الله.

- الحمد لله أنا وضعي كويس هيك.

- وضع شو وكويس شو (خرج الشيخ عن لباقته التي حاول تغليف حديثه بها حتى الآن)، أنت فاكر نفسك عايش، يا رجل أربعين ألف بتشتري فيهم أحسن بيت وبتبنيه عمارة من طابقين وبتزرعلك شجرتين على الباب. عيش حياتك.

- بس يا شيخ هادا بيتي وين بدي أروح؟

- اسكن في بيت أبوك اللي تاركه فاضي من يوم ما مات لحد ما تبني بيت جديد.

- وإخوتي إذا عادوا من برات البلاد وين بدهم يروحوا؟

- وأنت شايفهم راجعين؟

- انشا الله برجعوا، وابني لما يطلع من السجن ما بِعرف إلا هالبيت، عاش طفولته وأول شبابه فيه، وين بده يروح؟

- يا درويش أنت شايفه طالع بكرا؟ بعدين ما راح يتوه (بسخرية بيجي يسأل بدلوه كل أهل الحارة على بيتك الجديد.

- يا سيدنا هذا بيتي وبيت زوجتي وذكرياتي.

- الله أهم من كل هؤلاء.

كانت خطبة الشيخ محسن عن الأسرى وحريتهم المرتقبة نارية يوم الجمعة الفائتة، كما يتذكر درويش. لم تَرُقْ تعليقات الشيخ لدرويش. آلمه أنه يقول ضمنًا إن إخوته لن يعودوا وإن ابنه لن

يخرج، وإن ذكرياته مع آمنة ليست مهمة. لم يستطع أن يخبئ هذا الألم أكثر في صدره.

- اسمع يا شيخ شوفوا لكم مكان تاني ابنوا فيه الجامع. هذا بيتي وما بعرف بيت غيره، وبيت أبوي هو بيت العائلة اللي انشا الله يرجع له إخوتي.

بدا أن الشيخ محسن لم يعد يحتمل، إذ وقف منتفضًا. لم يتكئ هذه المرة على عكازه. انتصب بعنف وهو يضع مسبحته في جيب الجلباب الأبيض المكوي جيدًا. نظر لدرويش بغضب وبكثير من التهديد، قبل أن يقول وهو يتناول عكازه عن الأرض:

- أنت يا درويش تقف في وجه الدين برفضك هذا، ومن يقف في وجه الدين لا يلومنَّ إلا نفسه.

- يا شيخ شو هالحكي؟ حرام الواحد يدير باله على بيته ويحافظ على ذكريات أطفاله وزوجته؟ أنا لا أقصد ما تقول، بعدين ربي أدرى بالحال وبما أفكر.

- ولكن لله جندًا يحقون حقه.

نتع الشيخ نفسه وهمَّ بالخروج قبل أن يأتيه صوت درويش هذه المرة هادئًا وهو يسند جذعه إلى الحائط في إشارة اعتبرها الشيخ «قلة احترام» وعدم اكتراث لمكانته، إذ لا يجوز مخاطبته بهذه اللامبالاة كما تصورها الشيخ. قال درويش:

- أنا لن أبيع البيت، خليهم يدوروا على بيت تاني. هاي آخر كلمة. أعملك قهوة سيدنا؟

فهم الشيخ محسن الرسالة، وخرج صافقًا الباب بعنف هزَّ أركان الغرفة الصغيرة التي يسميها درويش صالون البيت حيث كانا يجلسان. رفع درويش صينية الشاي قبل أن يدلف للغرفة ليتحدث مع طفليه في الأمر، وغصةٌ تمسك بحلقه.

زمن الصورة

كان يقضي ساعات الصباح ينظر إلى الصورة الصغيرة المعلقة على جدار الغرفة. وكانت الريح الوافدة من الغرب قد تمكنت من زحزحة الصورة. وضع كرسيًّا ليقف عليه ويثبِّتها. كأن الزمن يملك فأسًا حادَّة يهشم بها مناعته كلما حاول منع نفسه من البكاء حين يتذكر السنوات الخمس عشرة التي مرت ولم يره فيها. كان ابنه في الصورة في أول شبابه. شعره الغزير وذقنه التي لم تنْمُ بشكل جيد على وجهه، وشفتاه ترسمان ابتسامة تذكره بذلك اليوم الذي جاء فيه الجنود لاعتقاله. لحظتها شدت آمنة الولد وصرخت في الجندي، فيما اكتفى درويش بالتربيت على كتفيها، وهو يأخذ قليلًا من الطمأنينة من ابتسامة ولده الذي خرج من الباب الصفيح محاطًا بالجنود.

قال لآمنة: «مصيره يطلع». وماتت آمنة وهي تتمنى أن تحتضنه وهو عائدٌ من سجنه. كانت تقضي ساعات طويلة تحضّر ليوم الزيارة، وتفكر في كل القصص التي ستحكيها له، أخبار العائلة والأصدقاء، ثم تذكِّر نفسها أنها لن تنسى أن تنقل له سلام سها ابنة الجيران. سيسعده ذلك وربما يحمرُّ خداه قليلًا.

«كانت تعرف».

ماتت آمنة قبل أن تستطيع تحقيق أمنيتها. أما هو فلم يتمكن مطلقًا من زيارته في السجن إذ أن السلطات الإسرائيلية منعته من ذلك. قال يومها لموظف الصليب الأحمر: «بس ابني بدي أشوفه». رد الرجل الأجنبي بعربية مكسرة بتعاطف: «بعرف ولكن مش بإيدي».

يوم ماتت آمنة كانت النسوة يندبن حظها، فهي لم تتمكن من رؤية ابنها البكر، وكانت كل قصصهن في المآتم عنه وعنها. يواسين درويش وهن خارجات من باب البيت بأنها أكيد سترى ابنها في الجنة. فيهز درويش رأسه ويقول لنفسه: «وما الفائدة إن لم يرها حيًّا؟» ويحبس دمعه كي لا ينتبه الرجال والنسوة وهم يتركونه وحيدًا مع ابنته ليلى وطفله الذي لم يبلغ عمره سنة بعد عندما ماتت آمنة.

مضت الآن تسع سنوات وقد غادرت آمنة إلى العالم الآخر، وبقي هو وحيدًا مع ابنته ليلى وطفله في البيت. كان كل يوم اثنين يشارك في اعتصام أهالي الأسرى الساعة العاشرة صباحًا أمام مقر الصليب الأحمر. أول شيء يفعله يوم الاثنين هو أن يصعد فوق كرسي لينزل الصورة بهدوء وحرص وشفافية عن الجدار. يلفها بكيس ورقي ويخرج إلى الاعتصام الأسبوعي. يجلس على حافة الطريق أمام مقر الصليب ويرفع الصورة.

حين جاءت اتفاقية السلام وسمع في الأخبار أن السلام سيحرر كل الأسرى كان أول من خرج في المسيرات العارمة التي تجوب شوارع المخيم ومدينة غزة هاتفًا للحقبة الجديدة. مضت أعوام كثيرة ولم تتمكن اتفاقية السلام من أن تعيد ابنه إلى البيت. يتذكر

٣٤

كيف خرج مع آمنة إلى ساحة المجلس التشريعي وهما يرفعان مع الناس الأعلام مبتهجين بالسلام الذي سيجعل حلم آمنة ممكنًا. في الطريق إلى البيت كانت آمنة تصف له اللحظة الموعودة حين تحتضن «الولد»-كما كانت تقول- بين ذراعيها. وتصف ماذا ستطبخ وماذا ستشتري له. وتختتم، كعادتها في كل هذه الأحاديث، «لازم نجوزه، خليه يجيب إلنا أطفال نلاعبهم». وماتت آمنة دون أن تفي لها اتفاقيات السلام بوعدها.

حين انطلقت الانتفاضة خرج مع الجموع الغاضبة منددًا بمجازر الاحتلال. كان وجهه يكتسي بالغضب ويرفع يده للسماء مع الجموع المندفعة في الطرقات. صدَّق كلام الخطيب المفوه بأن ابنه سيخرج بالقوة. «لا شيء يستطيع أن يبقيه في السجن إلا إرادتنا الضعيفة». ومرت سنوات منذ تلك اللحظة ولم تزل اليد مرفوعة إلى السماء تشير بوهن إلى حلم لم يتحقق.

كانت الصورة المعلقة على الجدار مثل ساعة تدق كلما رفع عينيه إليها. تدق برتابة تنهش طمأنينته، كأنها تبعث الألم من مرقده. وكان يرى وجه آمنة، في الصورة على الجدار الآخر، حزينًا، لأنها تركته وحيدًا.

عضو المجلس التشريعي

قرر درويش الترشح لانتخابات المجلس التشريعي عن الدائرة التي يقع فيها المخيم. بدت الفكرة غريبة للبعض، وللبعض الآخر مزحة، ولفريق ثالث مجازفة ولغيرهم بدت أشياء أخرى مختلفة. لكنها بالنسبة لدرويش كانت قرارًا جاء بعد طول تفكير وتأمل. لم يكن تفكيرًا طويلًا حقًّا، لكنه كان يكفي ليكون مقنعًا، وليجعل من الفكرة ممكنة على الأقل في نظره. بالنسبة له لم يكن الأمر صعبًا. من حقه أن يترشح وقد يفوز وقد يخسر. لكن يبدو أن الأمور لم تكن بهذه البساطة كما كان يتصور.

أثار ترشحه المفاجئ زوبعة شديدة من ردود الفعل. في البداية جاء المختار مستوضحًا:

- هل ما سمعته صحيح يا درويش؟

رد درويش وهو يحدق في وجه المختار:

- صحيح يا عمي.

سأل المختار:

- كيف يعني؟

- زي ما الناس بترشح حالها.

- بس ما شاورتني يا درويش مش عيب أعرف من الناس؟

قال درويش في نفسه «إذا كان الأمر كذلك فيمكن إرضاء المختار وكسبه لصالحي».

خرج المختار غير مقتنع بالفكرة، لكنه لم ير في معارضتها موقفًا يستحق العناء.

- لا بأس يا درويش إحنا ما بنزعل لو صار واحد منا في المجلس.

ابتسم درويش لموقف المختار الذي قال عنه بعد ذلك إنه «نبيل»، غير أن هذه كانت أسهل المعارك.

كانت صور المرشحين تملأ جدران المخيم واللافتات الكبيرة التي تحمل شعاراتهم تصل بين أسطح البيوت بين الممرات والأزقة، والسيارات الضخمة تحمل مكبرات صوت تبث دعاية مسجلة لهم. وكانت وراء كل ذلك ماكينة مالية وإعلامية تغذيها تنظيماتهم وأحزابهم التي دفعتهم للترشح. أما درويش فلم يكن وراءه إلا قناعته بما يفعل. لا تنظيم ولا ما يحزنون. حتى الكثير من أبناء العائلة لم يرق لهم الأمر.

في الطريق من السوق إلى بيته آثر السير في شارع «الترنس» كما يسميه سكان المخيم، حيث سلك الضغط العالي ومحول الكهرباء الأساسي في المخيم. كان الناس يوقفونه ليسألوه عن صحة الخبر حول ترشحه، فيجيب شارحًا دوافعه وأسبابه. وما إن وصل البيت حتى اكتشف أن هذا المشوار أفضل دعاية قد يقوم بها.

قرر في صباح اليوم التالي أن يجوب شوارع المخيم. هذا لن

يكلفه شيئًا. فقط السير في الشوارع والتحدث مع الناس. لا يهم إذا لم تكن له صور ملونة تملأ الجدران أو لافتات تحمل شعارات رنانة. الناس سوف تتعرف إليه أكثر إذا صار بينهم. وجهه يصبح صورة متنقلة ودعاية متحركة. هذا أسهل وأفضل. وليلى قالت له إنها ستعمل له دعاية في مدرستها الثانوية.

ما إن دخل البيت حتى دق الباب. فتح ابنه فدلف مجموعة من الشباب يترأسهم شاب من العائلة. رحب بهم درويش وجلسوا. لم يدم صمتهم طويلًا، فالقصة لا تحتمل كما قال قريبه. سأل درويش ببرود:

- وما الذي لا يحتمل؟
- أنت يجب أن تسحب ترشيحك.
- حقي.
- مين قال مش حقك؟
- طيب وشو بأثِّر عليكم؟
- الشباب بتقول إنك هيك بتسحب الأصوات منهم. بتشتت الأصوات تبعتنا.
- اللي بدو يصوتلي بصوتلي واللي بده يصوت لمرشحكم مش راح اضربه على إيده عشان يصوتلي، كل إنسان حر.
- هاي مجازفة.
- وأنا شو خسران؟

رد الشاب بنبرة ناصحة:

- هاي لعبة حيتان وأنت سمكة صغيرة يا درويش.

وخرج الشباب، وقرر درويش الشروع في جولة دعاية جديدة

عبر المشي في حارات المخيم الغربية. بعد ساعات أنهكه المشي وهدَّه التعب، فعاد للبيت. سخَّنت له ليلى الماء ووضعت فيه الملح. وضع كعبيه في طشت الماء وصار يفركهما.

بعد صلاة العشاء طرق الباب ولما فتح درويش رأى مجموعة من الرجال الملتحين الذين لا يذكر درويش أنه رأى أحدًا منهم قبل ذلك. ربما في الجامع؟ لكنه لا يعرفهم. كانوا يرسمون ابتسامة كبيرة على وجوههم وهم يسلمون على درويش. بادره أحدهم بالقول:

- يا درويش أنت رجل فاضل وسمعتك زي الليرة الذهب، بس قصة الترشح هاي صعبة شوية، إحنا ما بدنا إياك تتبهدل، اللعبة أكبر منك، الوضع مش زي ما بتتصور.

انتبه درويش أن الشيخ محسن لم يأت معهم. سأل:
- وين الشيخ محسن؟
- بصراحة (رد المتحدث نيابة عنهم) زعلان منك. أنت تعرف أنك أفشلته في موضوع الجامع.
صمت الرجل طويلًا ثم أضاف:
- الانتخابات أمر صعب يا درويش. أعان الله مرشحينا وجعل النجاح حليفهم.
- ولماذا لا يكون حليفي أيضًا؟
- هاي لعبة كبيرة أنت مش قدها.
- ربنا بقدرنا.
- إنها أمانة ونحن لا نرغب فيها لولا أن الله أمرنا بها.
- وقلكوا ما تخلوا غيركو يرشح حاله؟!

- الله قال عنا أولي الأمر.

ساد صمت قطعه كبيرهم وهو يمسح ذقنه بباطن يده قائلًا:

- عموما يا درويش إن الله لا يخذل عباده الصالحين، وترشحك لن يغير شيئًا.

خيل لدرويش أن الرجل أوجز كل شيء في كلماته تلك. فلكي لا يخسر درويش و«يتبهدل»، فعليه أن يسحب ترشحه.

رد درويش بهدوء: بس الأمور مش هيك.

- أنت لا تفهم، قلت لك السياسة شيء كبير إنت مش قده. انظر إلى الدعاية الانتخابية التي نقوم بها، السياسة شيء معقد وكبير.

- إذا كان الموضوع موضوع تحرير فلسطين، أنا كمان بدي أحرر فلسطين، وراح أحررها.

رد كبيرهم بغضب دون أن يلتقط السخرية المرة في كلمات درويش:

- كيف بدك تحررها؟

- وإيش معنى أنا بتسألني كيف بدك تحررها؟ وما بتسأل مرشحيك اللي على الطلعة والنزلة بدهم يحرروها؟

وقف الكبير غاضبًا. قام فهبَّ الرجال السبعة الذين كانوا يرافقونه. التفت إلى درويش وقال:

- الغلبة لنا.

فرد درويش:

- مبروك.

بصراحة لم يجل في خاطر درويش أنه يمكن أن يفوز. ربما راوده ذلك الحلم، لكنه في أعماق نفسه كان يعرف أن ذلك صعب. صحيح كلام الشاب: إنها لعبة حيتان وهو سمكة صغيرة. لكنه سيواصل ترشحه. كانت قائمة المرشحين -كما يقول لنفسه- من المخضرمين المراوغين، أو ممن لا قيمة لهم لكن تنظيماتهم السياسية قررت أن يكونوا ممثليها في المجلس في حال فازوا. ربما يكون هناك واحد أو اثنان يمكن لدرويش أن يصفهم بأنهم محترمون، أما الباقون فحدث ولا حرج. لذا فكر أنه لا بد أن يحتج بطريقة ما. كانت طريقة احتجاجه أن يقدم نفسه بوصفه بديلًا. ما أصعب الفكرة، وما أصعب نجاحها.

بالطبع لم يهتم درويش، مثل بقية المرشحين، بالنتيجة ولم يذهب لغرفة فرز الأصوات ليتابع عملية الفرز. النتيجة لم تكن تهمه كثيرًا. الحيتان ستفوز. جلس في البيت يقلِّب قنوات التلفاز علَّه يجد فيلمًا يشاهده قبل أن ينام.

أما النتيجة فلم تكن مفاجئة لأي أحد، فدرويش لم يفُز.

الكابونة

استيقظ درويش على صوت الأمطار تدك سقف البيت الصفيح. كانت الريح شديدة، تضرب النوافذ وتصفق الأبواب بقوة عجيبة. كأن المطر لم يتوقف منذ أول الليل. كان صوت دقاته في البداية يدخل الراحة للنفس، لكنه اشتد وصار عاصفًا يبعث على القلق. القلق من ماذا؟

لم يعرف درويش. لكنه أحس بأن الليلة لن تمر على خير. قام عن السرير. نظر إلى طفله ليتأكد أنه مغطى جيدًا، ثم إلى ليلى. انتبه أنها مستيقظة، فقد أقلقها المطر.

بعد قليل سمع درويش صوت جلبة خلف البيت. كان سكان الحارة قد خرجوا إلى الشارع. فزادت أصواتهم شعوره بالقلق. حدس بأن ثمة خطبًا عظيمًا وعليه الخروج من البيت لاستطلاع الأمر. فتح باب بيته. كانت الأمطار قد تجمعت على شكل نهر متدفق يجري في الشارع الكبير، تصب فيه أنهر أصغر تفد إليه من الطرقات والأزقة. شمَّر ساقيه كي لا يبتل بنطاله وخطا نحو الشارع. كانت الريح شديدة وتكاد تحمله وتطرحه على الأرض. وقف بين الناس ليشاركهم حديثهم الذي عبَّروا فيه عن قلقهم.

في تلك الليلة غرقت الحارة. اجتاحت الأمطار البيوت وأغرقتها

وسحبت معها الأمتعة والأغطية. وما إن هدأت عاصفة تلك الليلة حتى انشغل الناس بتنظيف بيوتهم وإخراج الماء منها. بدأ درويش وليلى أيضًا يخرجان الماء من البيت الذي غزته الأمطار فأغرقت الصالون بالكامل. كان درويش محظوظًا نوعًا ما، إذ أن أرض غرفة النوم ترتفع قليلًا عن أرض الصالون. خطأ في البناء لكنه كان ذا نفع. هذا أنقذ بعضًا من الأغطية والملابس في البيت. كانت ليلة عصيبة ما زال الكثير من سكان المخيم يذكرونها ويذكرون حالهم السيئ فيها، «ليلة غرق المخيم».

في نهار ذلك اليوم بدأت التنظيمات السياسية المختلفة توزع الكابونات والمساعدات على البيوت المنكوبة. الجميع يوزعون كابونات. رآهم درويش وهم يطرقون أبواب البيوت ويرمون بالأكياس والصناديق التي تحتوي على أغطية ومواد غذائية. وسمع همسًا يدور بين الناس أن بعض التنظيمات توزع «مصاري». ظل درويش طوال النهار مشغولًا بترتيب البيت. قال لنفسه إنهم لا بدَّ سيتذكرونه ويحضرون له معونات وكابونات. لكن مرَّ النهار بطوله ولم يطرق أحدهم باب بيته. قال: «ربما في الليل».

مرَّ الليل أيضًا ولم يطرق أحدهم الباب. وفي الصباح عرف درويش أن كل سكان الحارة المتضررة تلقوا المساعدات من التنظيمات المختلفة. ربما كان وحده الذي لم يتلق شيئًا. وفيما كان يقف على باب البيت مرَّت مجموعة من الشبان المحسوبين على أحد التنظيمات. عزَّ على درويش أن يسألهم عن الكابونات، وعزَّ عليه أكثر أن يتم استبعاده وحرمانه من حقه. قالوا إنهم لم ينسوه، ولكنه لا يشارك مع الشباب في النشاطات السياسية.

سأل درويش بدهشة: كيف؟

- أنت بتعرف كيف.

يذكر درويش أنه شارك في المظاهرات التي انطلقت لتأييد عملية السلام، كما أنه يشارك في الاعتصام الأسبوعي أمام مقر الصليب تضامنًا مع الأسرى. صحيح أنه يفعل هذا من أجل ابنه، ولكن ابنه لم يسجن لسبب شخصي بل فداءً للبلاد والقضية. كما خرج غاضبًا بعد فشل عملية السلام وحصار ياسر عرفات.

سأل درويش بقلق عن أي نشاطات يتحدث الشباب. فلم يكن رد الشاب مقنعًا كثيرًا لدرويش وهو يقول له: إنت فاهم، على كلٍ هاي كابونات لأنصارنا.

- وأنا؟

- إذا بتعتبر نفسك منا، القصة مش قصة حكي، قصة مشاركة وفعل.

وسار الشباب تاركين درويش في حيرة من أمره. دخل للبيت. نظر إلى صورة ابنه معلقة على الجدار. عزَّت عليه نفسه. قال لابنه في الصورة:

- الموضوع مش موضوع كابونة، يعني شوية الخضار اللي ببيعها في السوق بتضمن لي مصروف البيت، بس ليش يحرموني وبعطوا الجميع؟ شفت الشباب شو بتقول؟ بدهم إياني أظل معهم طول الوقت عشان أثبت إلهم إني منهم.

أقنع درويش نفسه بتجاوز الأمر. لكنه عاود الوقوف أمام الباب.

مرَّ الشيخ محسن في طريقه لصلاة الظهر في الجامع، ولم يرفع يده بالسلام عليه. قرر درويش أن يحادثه في الأمر. نادى عليه مستوضحًا حول المسألة. فقال الشيخ : لا تستغرب يا درويش.

- بس أنا بصَلِّي في الجامع وراك وانت بتشوفني.

- الصلاة لا تكفي يا درويش.

- وإلا شو مطلوب مني؟

- أنت تعرف شو المطلوب منك! (متعجبًا أنه لا يعرف)

- يا شيخ صلاة بصلي، صيام بصوم، وكافي خيري شري.

- هذا لا يكفي، الصلاة وحدها لا تكفي. عليك أن تمشي معنا، هداية الله جميلة. هل تذكر حين رفضت بيعنا بيتك لنبني مسجدًا في الحارة؟ أترى عقاب الله؟

تفاجأ درويش كيف يخلط الشيخ الأمور. هذا كان قبل سنتين، ثم إن الأمطار لم تغرق بيت درويش وحده بل أغرقت كل بيوت أهل الحارة. لم يقدر أن يكتم الأمر في صدره فباغت الشيخ بقوله:

- بس يا شيخ كل الحارة غرقت.

لكن ما لا يعرفه درويش أن الشيخ لا تعوزه الإجابة فرد بقسوة:

- عاقبهم الله بسببك.

- يا شيخ شو هالحكي؟ كل هذا عشان اشتكيت إني ما حدا افتقدني بكابونة.

- الأمر أكبر من كابونة. وأنت تفهم ما أقول، ولكنك تصر على عدم الفهم.

مشى الشيخ ومسبحته في يده تلوح يمينًا وشمالًا، مثل بندول

الساعة، كأنها تحذر درويش. واختفى الشيخ في الشارع الجانبي المؤدي إلى الجامع الجديد الذي بناه الإخوان في الحارة بعد أن باءت محاولاتهم لشراء بيت درويش بالفشل. هز درويش رأسه وقال: « انا ما بدي كابونة من حدا».

في المساء كان درويش يجلس مع ليلى وطفله يشاهدون التلفاز وقد نسوا كلهم الأمر، وفجأة سمعوا صوت طرقات شديدة على الباب. هبوا ثلاثتهم مذعورين من أن يكون هناك أمرٌ جللٌ قد وقع. توقفت الطرقات فجأة وسمع درويش صوت خطوات في الوحل الذي ما زال مكدَّسًا على إسفلت الشارع. فتح الباب فوجد صندوقًا كبيرًا به أغطية ومواد غذائية. لم يكن على الصندوق أي شارة تدل على مصدره أو الجهة التي وزعته. كان موضوعًا أمام الباب ينتظر أن يدخله درويش إلى المنزل. أما الطارق فقد اختفى.

المهاتفة

مر شهران ولم يرن جرس الهاتف. في أول الأمر قال لنفسه إن أحدًا ما لا يعرف رقم هاتفهم الجديد وإن الأيام القليلة ستحمل لهم الكثير من أخبار الأهل في الخارج، وإنه سيكون بإمكانهم التواصل معهم، خاصة إخوته الذين اعتادوا على مكالمته عبر هاتف المختار. قال لنفسه إن نصف الجيران اليوم عندهم هواتف.

في اليوم الأول وبعد أن انتهى موظف شركة الاتصالات من تجهيز الهاتف، وضع الجهاز على الطاولة الصغيرة التي تتوسط الحجرة وأخذ درويش وطفله وابنته ليلى يتأملون الساكن الجديد في البيت. كان مثل مزهرية تزين الطاولة. وكان الفضول ينهشهم وهم يحدقون في الساكن الذي لم يصدر عنه صوت. بعد فترة صمت ضحك درويش وقال: بالطبع لا أحد يعرف رقمنا. لماذا نتوقع أن يرن التلفون؟

في الليلة ذاتها، وبعد أن غفا الطفلان، رفع سماعة الهاتف إلى أذنه ليتأكد أن الهاتف يعمل وأن الحرارة ما زالت تسري فيه. وقبل أن يدس جسده تحت اللحاف جلس على حافة السرير وأخذ يخط رسالتين واحدة لأخيه في الأردن والأخرى لأخيه في الجزائر

ليرسلهما غدًا. بالطبع لم يكن متن الرسالة ليحمل بعد السلامات والأشواق وذكريات الطفولة إلا خبر الهاتف الجديد الذي يستطيعون التواصل معه عبره، واختتم الرسالتين بالقول إنه لا يصدق أنه سيسمع صوتهما قريبًا. ونام وهو يحلم بالمعجزة التي سيأتي له بها هذا الجهاز الصغير. ثم قال لنفسه غدًا سيكتب رسائل لبقية إخوته في الخارج.

لكنَّ شهرين مرا ولم يأتِ الهاتف بشيء ولا حتى بمكالمة من أحد الأصدقاء الذين أخذوا الرقم وقالوا إنهم سيتصلون به. لم يكن في الأمر ما يقلق كما طمأن ليلى وهو يمجُّ سيجارته التي كلما مرت السنون قلت جودتها مع بحثه عن التبغ الأرخص، وأضاف بمرارة: «إنتي عارفة إخوتي كل يوم في بلد، الله يساعدهم». ثم أردف وكأنه يطمئنها، فيما كان يحاول أن يواسي نفسه: «لما ببعتولي رسايل جديدة بعرف عنوانهم وببعتلهم رقم التلفون».

لقد انتشرت الهواتف المتنقلة بسرعة كبيرة بين أيدي الناس، وقلما يستخدمون الهواتف الثابتة.

قال لليلى وهو يسحب اللحاف جيدًا ليغطي ابنه الذي غرق في النوم: «الدنيا تغيرت».

على غير عادته نام هذه الليلة دون أن يفكر بصوت الهاتف. لم يخطر الهاتف بباله وهو يحلم بطفولته وأصوات جميلة يسمعها. كان الحلم جميلًا وهو يركب حصانًا يسير في مرج واسع، ويسمع صوتًا يشبه صوت الهاتف. بدا له أن الحلم تجمد عند هذه اللحظة الأثيرة حيث يسير في المرج الشاسع الذي لا يشبه شيئًا شاهده في حياته، وأن صوت الهاتف الذي يأتيه ليس إلا كابوسًا يعكر عليه متعة الحلم.

وقف ابنه عند رأسه وهو يحاول إيقاظه قائلًا إن الهاتف

يرن. كان كل شيء في البيت، حتى الأثاث والصور المعلقة على الجدران، قد أفاق على صوت الهاتف وهو يكاد يقفز عن الطاولة. النوافذ اضطربت، الأبواب تحركت جيئةً وذهابًا، الستائر فستقية اللون، المزهرية على الطاولة الصغيرة، الكتب القليلة المرصوصة على رف صغير قرب الخزانة، الغلايات المعلقة بمشاجب على جدران المطبخ. كل شيء في البيت تحرك.

كانت هذه أول مرة يسمعون فيها صوته. أخذتهم المفاجأة حتى أن أحدًا لم يجرؤ أن يرفع السماعة. كانوا يحيطون بالجهاز الصغير مثلما يحيطون بجسم سقط من الفضاء. أما هو فقد قفز عن السرير وتقدم نحو الجهاز وهو يشير لليلى ولطفله ألا يحدثا صوتًا لكي لا يشوشا عليه وهو يتحدث مع عمهم، ربما. ورسم على شفتيه ابتسامة رقيقة وهو يرفع السماعة.

«آلو».

بعد أقل من نصف دقيقة كان الجميع واجمين أيضًا وهم يحدقون فيه وهو يضع السماعة في مكانها ويسأل: «هل وصل أي بريد هذه الأيام». قالت ليلى إن فاتورة الهاتف وصلت قبل أسبوعين. هز رأسه ومضى إلى الغرفة ليكمل نومه لعله يحلم بالمرج الأخضر.

فيما بعد سيعرف الجميع أن هذه كانت موظفة الشركة تهدد بقطع الخدمة في حال التأخر عن تسديد الفاتورة خلال ثلاثة أيام.

النرجيلة

قرر درويش ترك النرجيلة. سيتوقف عن عادته التي لم ينقطع عنها لأكثر من ثلاثة عقود حتى صارت جزءًا من شخصيته، وصار لا يُرى إلا معها في الشارع خاصة عند الأصيل، وفيما الشمس تنزلق بخفة خلف البنايات المنخفضة، التي يخيل للمرء أن البحر يقف خلفها فاردًا ذراعيه لالتقاط الشمس بعد نهار مضنٍ. وهكذا يكون قد أتعبه النهار ومشاغل الدنيا، حين -وبطقوسية عالية- ينصب نرجيلته في الشارع أمام البيت ويضع كرسيه ويأخذ نفسًا عميقًا ويشعر المارة باللذة التي لا بد أن درويش يحس بها.

وكعادته فإن لدرويش قصصه الخاصة عن كل شيء. فالنرجيلة ورثها عن عمه الذي هاجر بعد النكسة عام ١٩٦٧ إلى الأردن وظلت مع أشياء قليلة لم تتسع سيارة الشحن الكبيرة لها. يومها كان صوت الطائرة وهي تُغير في النواحي يدبُّ الرعب في قلوب الناس الذين ماتت أحلامهم الكبيرة في تحقيق النصر. وقف درويش ملوِّحًا بيده فيما الغبار المتصاعد من بين عجلات الشاحنة يصنع ستارًا من الحزن الذي لن تفلح كل أنفاس النرجيلة في اختراقه. تناول النرجيلة ذات القارورة الزرقاء المطعمة بخيوط ذهبية ووضعها على الطاولة

في زاوية الغرفة وأخذ يحدق في الدناديش المزخرفة التي تتدلى من الصحن المعدني أسفل رأسها.

يجوز القول إن عمَّ درويش كان أول من وضع نرجيلته على باب البيت ودخن في المخيم. كانت رائحة التبغ تفوح من كل نواحي الحارة. كان ذلك في السنوات الأولى بعد بناء المخيم في مطالع الخمسينيات. الشيء نفسه يفعله درويش الآن.

عند الأصيل تنتصب النرجيلة أمام البيت ويجلس العم يسحب أنفاسًا عميقة مثيرة سحبًا من الدخان المعبق. فقط في الشتاء وحين تنخفض درجات الحرارة تنتقل النرجيلة إلى داخل حوش الدار حيث توقد النيران في كانون النار المصنوع من الطين ويصير من السهل التقاط الجمرات من قاع الكانون. في تلك الأماسي تعلم درويش نَفَسه الأول. أول مرة سعل بشكل كبير لكنه كان بارعًا في إخراج الدخان من فتحتي أنفه مما جلب له إعجاب عمه. ثم درجت العادة أن يجلس درويش بجوار عمه أمام البيت متلهيًا بين الحين والآخر بسحبة نفَس عميقة. صارت تلك هوايته.

كان من السهل القول إنه ورث هذه العادة عن عمه، وهو ما كان يثير في نفس والده الحنين للأخ الذي رمته الحروب في المنافي. كان ينظر لدرويش وهو جالس أمام البيت فترتسم أمامه صورة أخيه. ورغم تأنيبه المستمر له، فالنرجيلة مضرة بالصحة بل ومدمرة، إلا أن صورة الأخ التي تستدعيها جلسات درويش كانت تقلل من حدة مشاعر الأب المعادية لتدخين النرجيلة. كأن ثمة شيئًا في داخله يقول له «لا تضغط عليه كي لا يكف عن الجلوس فتُحرم من لحظة الحنين المرغوبة».

الشيء الآخر الذي سيصبح جزءًا من رواية درويش الشخصية لأطفاله بعد ذلك هو أن النرجيلة هي ما سيبقى من ذكرى عمه. نعم، فقد كان يمكن أن تركن جانبًا، ومن ثم يصار إلى رميها ضمن أشياء كثيرة، كما يحدث عادة، لكن شغف درويش بأنفاس النرجيلة هو ما سيذكر الجميع بعد ذلك بالعم الغائب، خاصة حين يموت العم في المنفى. هكذا صارت النرجيلة التذكار الأكثر تأثيرًا وشهرةً في العائلة، فحتى والد درويش، وقبل أن يموت، كان يحدق لفترات طويلة في قارورتها والماء الذي يفور ويقرقر داخلها، فتقفز في ذاكرته صورة أخيه الأصغر.

المفارقة الأخرى أن ابنة العم الغائب ستزور غزة بعد نزوح أبيها بثلاثة عقود. كان ذلك عام ١٩٩٧. الخروج والدخول لغزة كان وقتها أسهل بكثير، فعملية السلام كانت في شبابها في ذلك الوقت ولم يكن من المتعذر الحلم بمستقبل أفضل.

في الليلة الأولى حدقت في النرجيلة فوق الطاولة وقالت إنها لا بد أن تكون نرجيلة والدها. هز درويش رأسه بابتسامة عريضة. «هي كل ما نملك منه». تحسست الصحن المعدني أعلاها والدناديش المزركشة التي تتدلى منه، ثم جالت ببصرها بعيدًا. كانت تعرف من أحاديث والدها أنه ترك نرجيلة في المخيم في غزة قبل أن يلجأ لعمان عبر مصر. ظلت سيرة النرجيلة «الصامدة» في غزة تراودها كلما تخيلت لحظة يمكنها فيها أن تزور غزة. طلبت أن تأخذها معها. رفض درويش بشدة، بل إنه غضب وقال إنها الشيء الوحيد الذي تركه عمه هنا. وربما كان هذا السبب هو ذاته الذي تعللت به ابنة العم في إصرارها على أخذها، فهي الشيء الوحيد الذي بقى من

«رائحة» والدها في فلسطين. ضحك درويش وقال: لذلك يجب أن تبقى النرجيلة هنا. وحُسم الأمر على هذا الشكل.

لم يكن طقس درويش مختلفًا. كان يضع الكرسي البلاستيكي الأبيض على الباب بعد أن يشغل نفسه لخمس دقائق في كنس الشارع ورش الماء. يضع الفحم على النار وفيما يشتعل الفحم يحشو رأس النرجيلة بالتبغ «المعسِّل» ويلفه بالسولوفان ويصنع ثقوبًا صغيرة فيه. بعد لحظات تستقر النرجيلة أمام الكرسي ويُؤتى بالفحم مشتعلًا جمرات جمرات في موقد معدني صغير. وما هي إلا دقائق حتى يملأ عبق الدخان الأرجاء.

كانت تلك جلسة خاصة، فقلما يقبل درويش أن يشاركه أحد الجلسة. يستطيع المارة الوقوف لدقائق والحديث جانبًا معه، لكنه لا يعرض الجلوس على الكثيرين منهم. فقط الخاصة والأصدقاء القدامى من أصحاب الحظوة في قلبه يعرض عليهم الجلوس ويحضر لهم كرسيًا بلاستيكيًا آخر.

سوف ينتهي كل هذا. لم يكن الأمر محض اختيار شخصي رغم أن الفكرة راودت درويش عشرات المرات قبل ذلك. يمكن التكهن بأن أسبابًا صحية أوجبت التوقف عن النرجيلة، وهي أسباب مانعة لا نقاش فيها كما قال له الطبيب. مضى يوم ودرويش يفكر في الأمر. لن يستطيع التوقف عن العادة، فترك عاداتنا أمر ليس بالسهل. مر شريط الذاكرة أمام عينيه مثل حبات المطر أمام النافذة لقطةً لقطة، وآلمه التفكير في ذلك.

قرر الإقلاع عن التدخين لأنه لا مفر من ذلك، لكنه لن يقلع

عن عادته في الجلوس خلف النرجيلة أمام البيت. سيجلس كل يوم وبنفس الطقوسية العالية، حيث يكنس الشارع، ويرش الإسفلت بالماء، ويضع كرسيه البلاستيكي الأبيض، وينصب النرجيلة أمامه ويجلس. ولكنه لن يضع الفحم على النار، كما أنه لن يملأ رأسها الفخاري بالتبغ، ولن يسحب نفسًا عميقًا يرسم سحبًا من الحنين.

اليانصيب

فاز درويش باليانصيب.

انتشر الخبر في الحارة كالنار في الهشيم. وبدأ الناس يتوافدون على البيت، منهم مصدق يطلب الحلوان، ومنهم غير مصدق يريد أن يتأكد من الخبر. وقبل غروب الشمس كانت كل الحارة تقريبًا قد وفدت إلى بيت درويش الصغير، حيث لم يعد الأمر مجرد إشاعة، بل بات خبرًا مؤكدًا. حتى رجل الشرطة ترك كرسيه المفضل، حيث يجلس بدلًا من الوقوف لتنظيم حركة المرور، وهرول إلى بيت درويش ليتأكد من الخبر.

لم يعرف أحدٌ مصدر الخبر. لم يسأل أحدٌ من أول شخص سمع به، ومِمَّن؟ هكذا كأن الخبر سقط من السماء، أو كأنه أوحي لأهل الحارة أن درويش فاز باليانصيب، حتى بات من الممكن أن تسمع أن أحدهم صحا من النوم وقد رأى الأمر في المنام، أو أن أحدهم سمع شخصًا (ربما ملاكًا) خلال صلاة الصبح يهمس في أذنه أن درويش فاز باليانصيب. ليس مهمًا كيف وصل الناس لمثل هذه القناعة، المهم أن درويش ابن حارتهم فاز باليانصيب. وسينتهي أي جدل بين اثنين حول مصدر الخبر بقناعة تامة أن كلًا منهما هو مصدره.

- من أين سمعت الخبر؟
- يا رجل أنت لا ترى كل الناس تقول ذلك؟
- أعرف، وأنا سمعت.
- أنت لماذا جئت؟
- قلت لك سمعت الناس يقولون إن درويش فاز باليانصيب.
- أترى. وأنا سمعت كذلك.

الجميع بات مقتنعًا أن درويش فاز باليانصيب. تخيلوا ابن الحارة البسيطة يفوز. خبر كبير. لا تقع الأخبار الكبرى كل يوم. لا توجد مناسبات عظيمة دائمًا مثل تلك في الحارة. الخبر كان مثل الصدمة. الكل غير مصدق: درويش يفوز باليانصيب! بين مستغرب ومستهجن وحاسد وطامع وفرح، كان الناس يتداولون آراء عديدة. رجل عجوز قال بقهر: «الله يُعطي الجوز للي ما إله سنان». درويش يفوز باليانصيب! لماذا لم يفز بها هو أو ابنه؟

رغم ذلك فدرويش مسالم بطبعه. لم يتقاتل مع أحد ولم يختصم مع أحد. لم يسعَ يومًا لأذية أحد في الحارة. قليل الحديث، قليل الحركة. باستثناء تلك المساءات التي يجلس فيها على باب البيت ليسحب أنفاسًا من النرجيلة القديمة التي يحتفظ بها، أو هو عائدٌ في أماسي الصيف من البحر على دراجته، فإنه قلما يُرى في الشارع. رغم ذلك لم يتخلَّ يومًا عن الحارة ولم يتخلف عن أي مناسبة لأي شخص في الحارة، من مأتم حيث يقدم واجب العزاء أو فرح حيث يهنئ أصحابه. حتى إنه يقوم بزيارة أهالي من ينجحون في التوجيهي أو من يتخرجون من الجامعة. كما يقولون عنه في الحارة: «صاحب واجب». وكان فعلًا صاحب واجب. لا يتخلف عن القيام بواجباته الاجتماعية ليس تجاه عائلته بل أيضًا تجاه أبناء حارته.

يسكن درويش في حارة تقع وسط مخيم اللاجئين الذي ولد فيه قبل ستة عقود. الحارة مكتظة والبيوت صغيرة متراصة بجوار بعضها بشكل غير متناسق، تفصل بينها أزقة وممرات صغيرة يمكن أن تبدو مثل شبكة العنكبوت. شارع الحارة هو الشريان الذي يصل أطراف الحارة ببعضها، تتفرع منه الأزقة والشوارع الضيقة وتنتهي به. ولما كان بيت درويش في الشارع الكبير (كما يسميه أهل الحارة) فإن وصول الناس إلى بيت درويش خلق أزمة في المخيم كله، حيث إن الشارع الكبير أيضًا يتشابك مع شوارع الحارات الأخرى. فبعد أقل من ساعة تكدست السيارات في الشارع وتوقفت حركة المرور والعبور منه. ولم تمض ساعة أخرى حتى أغلقت الزحمة شوارع أخرى في المخيم. فقد توافد الآلاف من سكان الحارات الأخرى في المخيم لاستطلاع الأمر. وقبل أن يصل أحدهم إلى شارع الحارة حيث بيت درويش يكون قد اقتنع قناعة تامة بأن درويش ربح اليانصيب، وأن الجائزة الكبرى كانت من نصيبه. وبعد ساعات توسعت دائرة الحضور وتنوعت حتى شملت المخيم والضواحي المجاورة.

مراسل إحدى المحطات المحلية نسي سبب تجمهر الناس وتحدث للمذيعة في الأستوديو من مكان الحدث عن أزمة تعم المخيم، ومظاهرات كبرى تجوب شوارعه. فالناس يتجمهرون بالآلاف في الشوارع الكبرى. المذيعة سألت بدهشة: وهل تكفيهم الشوارع؟! ضحك المراسل وهو يقول: «الشوارع كثيرة بس تطلع الناس وتمليها».

الأمر قض مضجع قائد الشرطة الذي انهالت عليه المكالمات من المسؤولين السياسيين يسألونه عن سبب المظاهرات التي تعصف

بالمخيم. وبعد جهد جهيد تمكن من الحديث مع الشرطي المناوب في شارع الحارة عبر جهاز الاتصال اللاسلكي. الشرطي نفى أن تكون ثمة مظاهرات أو أي شيء. كل ما في الأمر أن أحد أبناء الحارة قد فاز باليانصيب.

صرخ القائد مستنكرًا كيف ينفي الشرطي حدثًا هو مدار حديث المستوى السياسي؟

رد بتردد:

- سيدي بس هاي الحقيقة.

سأل القائد بقليل من الحماسة:

- وهل فعلًا فاز باليانصيب؟

رد الشرطي بفرح:

- أنت لا ترى الناس كيف تأتي إلى بيته. لقد فاز سيدي، فاز.

القائد سأل بتردد، ولكن كيف عرف الناس؟ الشرطي، هذه المرة وقد أحس أن القائد لا يحاسبه ولا يعاتبه، بل يستجدي منه المعلومة بعد أن بهره تعداد الناس الوافدين لبيت درويش، قال بمتعة:

- أنت لا تعرف درويش يا سيدي. حظه بين رجليه.

الشرطي هذه المرة أغلق الجهاز ليواصل مشاركته الناس تظاهرتهم وانتظارهم لدرويش.

لا يعرف الشرطي الذي هو ابن الحارة بالأساس كيف يكون حظ درويش بين رجليه. عبارة قالها حتى ينتهي من أسئلة قائده الممجوجة. فهو يجلس في مكتبه المكيَّف صيفًا شتاءً، بينما هو يقف تحت أشعة الشمس الحارقة في الصيف وزخات المطر في الشتاء، ثم ها هو يسأله عن تجمهر الناس.

في الحقيقة لا يمكن أن يكون حظ درويش بين رجليه. بل يمكن على العكس القول إن حظه قليل في الحياة. أما وقد فاز باليانصيب فإن تعليق الشرطي بات صحيحًا مئة بالمئة. فها هو يفوز باليانصيب. أخيرًا يعانق حظًا كان مخبّأً له في الغيم الذي وصل متأخرًا، لكنه وصل. يمكن للشرطي أن يقول لنفسه صحيح أن حياته كانت قاسية، لكن الحظ ضحك له في الآخر، أما غيره فحياته قاسية دائمًا، ولم يفتح الحظ فمه ولو بابتسامة باهتة. وبعضهم يموت ولم يعرف إلا الشقاء والألم. فالألم هو الرفيق الأبدي لسكان الحارة. على الأقل، ضحك الحظ لدرويش بملء فيه حتى بان بلعومه. عاد للانهماك بين الحشود المتجمهرة وهو يقول لنفسه: «مصيره يضحك». يقصد الحظ.

توافد مراسلون وصحفيون أكثر إلى شارع الحارة. وباتت هواتف الناس الخلوية ترن فجأة فيجدون أن المتصل وكالة أخبار تريد شاهد عيان من مكان الحدث. أما المراسلون فبرعوا في تقديم الموقف وجعله حدثًا سيغير وجه العالم. فجأة صارت الحارة الصغيرة قلب الكون ومركز صناعة الحدث الأكثر طزاجة في نشرات الأخبار.

في قلب كل ذلك كان رجالات الحارة الأقرب إلى بيت درويش يقفون على الباب كأنهم يعقدون مجلسًا لتقرير موقف نهائي من الحدث.

كل هذا تم ودرويش لم يصل بعد إلى البيت.

ابنته وطفله أحسا بالرعب من كم الناس المتجمهرين. الولد يقف خلف النافذة يتلصص على الشارع من بين فتحاتها، أما البنت فجلست مع جمهرة من نسوة الحارة جئن أيضًا يستطلعن الخبر. الآن كلهن يردنها عروسًا لأبنائهن. كل واحدة منهن تحكي عن

ابنها المغرم بها منذ كانت طفلة صغيرة. وتبدأ بسرد القصص عن هذا الحب المزعوم. ثم تصف ابنها ومستقبله الباهر. قصص حب لم تسمع بها من قبل، ولا لاحظت أي شاردة أو واردة منها. لكنها فجأة ظهرت على السطح وصارت من المسلَّمات. لم تكن قد أنهت سنتها الثانية في الجامعة، ولذا من المبكر أن تفكر في الزواج، وهي ترغب أن تواصل تعليمها. هذا كان حلم أمها. تبتسم النسوة وهن يسهلن عليها مهمة الزواج المنتظر. تقول إحداهن: «ابني راح يستنى لو مليون سنة». وتضحك النسوة الأخريات على المبالغات التي سرعان ما يقعن فيها حين تحاول الواحدة منهن إقناع الفتاة بأن ابنها هو صاحب الحظ السعيد.

في الشارع كان الأمر يزداد تعقيدًا مع تدافع المزيد من الناس نحو البيت والشارع والحارة. هكذا مضت ساعات وأهل الحارة يتناولون الخبر ويتداولون جوانبه المختلفة. في حوارات جانبية، كان البعض يضع شروطًا يجب أن يمليها أهل الحارة على درويش. فللحارة التي ولد وتربى وعاش فيها حصة من المبلغ المالي الكبير الذي سيأخذه. فهي صاحبة فضل عليه. كما أن المبلغ «بصراحة كبير كتير»، كما قال أحد الشباب، ولا يمكن لدرويش أن يتمتع به وحده. الشيخ محسن اشترط ، بغضب، أن درويش يجب أن يساهم في بناء طابق جديد في مسجد الحارة، فهذا مال الله وليس ماله. ودبت خناقة كبيرة بينهم في كيفية مساهمة درويش في المال لصالح الحارة. حتى استيقظوا على صوت شاب يسأل: وإذا رفض درويش؟

- يرفض شو؟

- رفض أن يساهم بفلس واحد.

- كيف يرفض؟!

- كما قد ترفض أنت لو كان مالك.
- ولكنه ليس ماله.

وقع الشاب في دائرة الشك، إذ أن منطق حديثه يقترح أن درويش قد أرسله من أجل أن يصدمهم بالحقيقة بأنه لن يتبرع بفلس واحد للحارة. بل إن كلمة تبرع تؤذي آذانهم. فالأمر لا يتعلق بسخاء طافح، بل هو التزام من درويش للحارة. أما الشاب فقد آثر أن تنهشه سهام الشك على أن يتركهم ويذهب، وبالتالي يؤكد الإشاعة الجديدة بأن درويش بعث شخصًا من أجل أن يقول للحارة بأنه لن يقدم لها فلسًا. بعد برهة التفت رجل كهل للشاب وسأل:

- هو قال لك ذلك؟
- لم يقل لي شيئًا.
- لم يقل لك. حسنًا أنت فهمت من حديثه ذلك؟ قل الحقيقة.
- لم أره يا جماعة. أنا فقط كنت أفكر بصوت عالٍ.

غضب أحدهم من الإجابة غير اللائقة وسأل:

- وهل تعتقد أنك وحدك من يفكر؟ كلنا نفكر. لماذا جئنا هنا؟ لأننا نفكر ونهتم بشؤون الحارة. هذه حارتنا. ومن لا يهتم بشؤون الحارة ليس منها. صح يا شيخ محسن؟

قال الشيخ:

- هي هيك.

ثم أكمل مداعبة مسبحته التي تصل إلى الأرض من طولها:

- يا جماعة لنذهب إلى المسجد، وحين يعود درويش نعود.

انقسم الناس بين من ذهب للصلاة وبين من آثر الانتظار خوفًا من أن يأتي درويش ولا يراه.

في وقفته المعتادة عقب الصلاة تحدث الشيخ عن أن الأرض

وما عليها هي لله، وأننا فانون وأن كل ما نملك هو لله، ولا خير في مال لا يقوم صاحبه بالزكاة عنه وبتقديم جزء منه لبيوت الله. ثم أخرج مسبحته وبحلق في وجوه الناس كأنه كان يتوقع مثلًا أن يكون درويش قد وصل وجاء للصلاة. قال له شاب ملتحٍ يجلس في الصف الأول:

- لم يأت بعد يا شيخنا.

لم يعد درويش للبيت حتى تلك اللحظة. غيابه هذا عزز الخبر بأنه لا بد أن يكون مشغولًا باستلام نقود اليانصيب أو في تخبئتها عند أحد الأقارب خارج الحارة، أو أي شيء. لكن المؤكد بالنسبة لأهل الحارة أن هذا الغياب يتعلق بفوزه باليانصيب. وسرعان ما انتشرت الأخبار الفرعية حول تأخر درويش، وصار من السهل على أصحاب العقول الخصبة أن يبتدعوا قصصًا وحكايات حول عدم ظهوره حتى الآن. حتى ابنته وطفله الصغير لا يعرفان سبب تأخره. لم يسألهما أحد بالطبع أين والدكما. مجرد أنه غير موجود في البيت كان مدعاة للمزيد من الحكايات والإشاعات.

ولو أن أحدهم كلف نفسه عبء السؤال البسيط لعرف أن درويش ما زال في البحر ولم يعد بعد.

ولأن ثمة أحداثًا يجب أن تتم بطريقة معينة، فإن المصادفة هي ما سيجعل هذا اليوم يوم درويش الأطول. فقد كان من المفترض أن يعود قبل مغيب الشمس، لكن غيابه امتد حتى ساعة متأخرة من الليل دون أن يتمكن من الاتصال بابنته وطفله وطمأنتهما عليه. خرج منذ ساعات الفجر للبحر. كان الصيد هوايته التي يحب أن يؤكد أنه ورثها عن أبيه. لكن الحقيقة أن درويش يبالغ في ذلك فوالده كان صيادًا ماهرًا والصيد مهنته، أما هو فقد اتخذ منه هواية. وهي هواية اكتشفها

متأخرًا بعد وفاة والده. ولعلها كانت جزءًا من الحنين لوالده ليس إلا. وأيًا كان الحال فإن درويش صار يقضي كل يوم خميس في البحر. يضع شبكته التي ورثها عن أبيه، بعد أن رتق عيونها المثقوبة وشد حبالها الرخوة وأصلح ما تساقط من قطع الرصاص على أطرافها، في سلة خلفه على الدراجة الهوائية وينطلق قبل أن تبزغ الشمس من خلف بيارات البرتقال شرق المخيم. يقضي النهار مع مجموعة من أصدقائه الصيادين، ثم يعود بعد أن تكون الشمس قد غطست في البحر مثل برتقالة ناضجة. في كل مرة يعود درويش محملًا بكمية كبيرة من أسماك السردين والبوري والجرع. في الليل يوقد الفحم في الكانون الطيني الكبير الذي يحتفظ به منذ سنين طويلة، ويشوي الأسماك الطازجة، فتملأ الرائحة النواحي وتغزو البيوت.

هذه الليلة تأخر ولم يأت حتى ساعة متأخرة من الليل. لم يكن ثمة سبب محدد. وليس هناك في العادة سبب محدد. فبعد جولة الصيد الطويلة اقترح أحد الصيادين أن يلعبوا الورق في مقهى على الشاطئ. نظر درويش إلى ساعته وقال: «لا بأس»، فطفلاه يتسليان بمشاهدة التلفاز الآن. مضى الوقت كما يمضي دائمًا. الهاتف الخلوي موضوع على الصامت، لذا لم يسمع درويش كل اتصالات ابنته به لتخبره بتجمهر الناس أمام البيت.

كأن كل شيء قد تم بمصادفة محكمة تُوجب أن تزيد من هواجس الناس وشكهم بأن درويش فعلًا قد فاز باليانصيب، وأنه استلم الأموال ولن يعود للحارة. «والولدان؟». السؤال سهل والإجابة أسهل، فهو سيرسل من يأخذهما.

هكذا تحول درويش ابن الحارة الطيب إلى شخصية في حكاية تتفاعل وتتطور وتكبر في خيال جيرانه. لم ينتظروا ليسألوه، ولو

يكلف أحدهم نفسه مشقة التحري عن الخبر اليقين الذي تجمعوا من أجله.

هل فاز أحد من الحارة قبل ذلك باليانصيب؟

فعلًا لم يفز أحد قبل ذلك باليانصيب. لم يربح أحدهم جائزة، لم ينل وسامًا. لم يزر حارتهم مسؤول كبير. حتى مرشح المنطقة في المجلس التشريعي بعد أن حصد أصوات الحارة لم يره الناس إلا في التلفاز.

تناهى إلى سمع الحكومة أن أحزاب المعارضة ستستخدم تجمهر الناس كي تقود تظاهرة ضد الحكومة وتطالب بالتوزيع العادل للثروة. بل إن الوشاة أبلغوا الحكومة بأن المعارضة تقول إن درويش أحد عناصرها ومؤيديها وهو ما سيسهل المهمة عليها. هناك آلاف المواطنين في الشارع ويستطيع أحدهم أن يوجههم في أي اتجاه يريد. فقط مكبر صوت ضخم وبعض اللافتات والصور الكبيرة ويتحول الأمر إلى تظاهرة ضد الحكومة، وستتوسع المطالب من أجل إسقاط الحكومة وتغييرها.

مصدر آخر من التنظيم الحاكم أصرَّ على وجوب استغلال الوضع من أجل توجيه الناس للهتاف لصالح الحكومة. قال بحماسة إن الوضع مناسب فالناس موجودون في الشارع ولسنا بحاجة لإخراجهم. فقط علينا أن نقودهم. قال ذلك بحماسة مفرطة وهو يقلب حسابه على الفيسبوك ليقرأ رسالة من أحد كوادر التنظيم تقول إن درويش مؤيد متحمس للتنظيم، وسيكون سعيدًا بأن يكون يوم فوزه باليانصيب يومًا لإعلان تأييد الناس للتنظيم والحكومة.

عند وزن الأمور بدت المراهنة على الناس مجازفة غير محسوبة. لذا قررت الحكومة تفريقهم حتى لو اقتضى الأمر استخدام القوة.

يجب ألا يُترك الناس متجمهرين في الشارع بسبب أن شخصًا فاز باليانصيب. طبيعة التجمهر وتزايد تعداد الناس كانا مقلقين.

في البداية تحدث قائد الشرطة مع الشرطي المناوب في الشارع طالبًا منه أن يفرِّق الناس. لا بد أنه يمزح، أو أن الجلوس في المكتب يعزل المرء عن الواقع. سأل الشرطي بسخرية:

- ناس مين اللي أفرقهم.

قال القائد:

- هذا قرار الحكومة، يجب تفريق الناس.

رد الشرطي بتهكم:

- فلتأت الحكومة وتفرقهم.

صرخ القائد: أنت الحكومة.

انتبه الشرطي للنبرة الحازمة التي يستخدمها القائد. تنحَّى جانبًا في شارع فرعي وبدا مثل من يهمس:

- سيدي الناس بالآلاف، أعتقد يلزمنا قوة خاصة لتفريقهم.

لم تمض نصف ساعة حتى وصلت قوة مكافحة الشغب للمكان حيث حاصرت المتجمهرين من كل المداخل والمخارج، وبدأت بتفريق الناس. لم تستخدم الكثير من القوة حيث كان مكبر الصوت يحث الناس على العودة إلى بيوتهم حفاظًا على السلم الأهلي. البعض قاوم، لكن أغلبية الناس انسحبت على مضض.

قال أحدهم إن الحكومة تحالفت مع درويش. لا بد أنه دفع جزءًا من المبلغ لأحد مسؤولي الحكومة من أجل تفريق الناس. فيما قال يساري مخضرم إن الحكومة دائمًا تتحالف مع رأس المال. ثم سبَّ الرأسمالية والبرجوازية وبدأ ينثر كلامًا لم يعد الناس يفهمونه بسبب تعقيداته وكثرة المصطلحات التي استخدمها.

تنظيمات المعارضة أصدرت بيانات من أرض الحدث تعلن فيها أن الحكومة فضت تجمعًا لمناصريها يحتجون فيه على سياساتها وعلى التوزيع غير العادل للثروة، وأن هذا يعكس ضعف الحكومة ورعبها من مواجهة الجماهير. ثم أصدرت التنظيمات بيانًا آخر أكدت فيه على أن حق المواطنين في التجمهر مكفول في الدستور وفي الأعراف، وهو حق لا يمكن للحكومة أن تنال منه. وطالبت في بيان مشترك باستقالتها. بل إن أحد التنظيمات تحدث عن أن أحد قادته تعرض للضرب من قبل الشرطة وهو يتلقى العلاج في مكان سري بعيدًا عن أعين الوشاة.

الأخبار الرسمية تحدثت عن انتهاء تظاهرة مؤيدة للحكومة في المخيم على خير بعد أن خرج الناس بالآلاف يهتفون لها ولرئيسها.

عاد الناس إلى بيوتهم، لكنهم حملوا معهم قصة درويش ابن الحارة البسيط الذي فاز باليانصيب وأصبح غنيًا. في جلساتهم العائلية واصل الناس التفكير في مصير درويش والمال الكثير الذي سيحصل عليه، وظلت الإجابة عن السؤال الأساس حول مصدر الخبر عالقة.

هل سمع أحدهم الخبر في نشرة الراديو؟

هل أسرَّ درويش لأحدهم؟

أسئلة لا تستدعي إجابة ما دام درويش فائزًا باليانصيب. حتى إن الحكومة تدخلت من أجل منع تجمهر الناس على باب بيته! تخيلوا!

حين عاد درويش من البحر كان الظلام يلف الحارة والمحلات مقفلة. لم يكن أحد في الشارع. كأن شيئًا لم يكن. كل شيء ساكن. الشارع فارغ إلا من بعض السيارات التي تعبره بين فينة وأخرى. لم يلحظ درويش شيئًا. لا شيء يلفت الانتباه. كانت الأسماك التي اصطادها ما زالت بها رائحة البحر. الطريق من البحر للحارة ليست

طويلة كثيرًا، إذ تستغرق درويش قرابة نصف ساعة على دراجته. وما إن يصل حتى يشعر براحة غريبة تسري في جسده. لم يُخْفِ قلقه على ليلى وطفله اللذين تركهما طوال النهار. قال في نفسه إنه سيأخذهما معه في المرة القادمة إلى البحر، وسيمضيان معه كل النهار يلهوان على الشاطئ ويسبحان ويلعبان برمال البحر وأصدافه.

على باب البيت ولدى استعداده للدخول حاملًا سلة الأسماك، مر رجل عجوز يتكئ على عكاز، سأل درويش إذا كان حقًا فاز باليانصيب كما يقولون. واصل درويش تقليب الأسماك داخل السلة حين سأل:

- أي يانصيب؟

رد الرجل:

- يقولون إنك فزت باليانصيب.

رمقه درويش باستغراب ثم قال إنه أصلًا لا يوجد يانصيب في غزة، فكيف يفوز به؟

أطرق الرجل مفكرًا ثم أكمل سيره وهو يقول: «أهل الحارة اللي بقولوا».

حقًا لا يوجد يانصيب في غزة. ضحك درويش حين أخبرته ابنته بما حدث ثم أوقد الفحم وبدأ يشوي الأسماك التي اصطادها. الروائح الشهية تفوح في الحارة، فيزداد همس الجيران بأن «الخير بان على درويش، فها هو حتى يتعشى في آخر الليل سمكًا».

في مساء اليوم التالي عادت الحارة إلى طبيعتها. مع شقشقة العصافير كان أصحاب الدكاكين ينفضون الندى عن أقفال دكاكينهم، وعاملو النظافة منشغلين بتنظيف الشارع قبل أن تجأر سيارة وكالة الغوث وهي تحمل حاوية النفايات من وسط الحارة. التلاميذ

يذهبون إلى مدارسهم بخفة ونشاط رغم بقايا النعاس على عيونهم. الشارع يستيقظ كما يفعل دائمًا. الشمس تأخرت عن موعدها في الشروق إذ حجبتها الغيمات الكثيفة في الشرق. لا شيء جديدًا في هذا اليوم إلا الإرهاق الذي أحسه درويش وهو يضع كرسيه على باب البيت في المساء ناصبًا نرجيلته فيما الشمس تودع الشارع وهي تغفو في حضن البحر.

لم ينس الناس الأمر، إذ أن البعض همس بأن درويش حقًا فاز باليانصيب وأن الحكومة تستَّرت على الموضوع، وطلبت منهم التفرق. كانت نظرات عيونهم صوب درويش وهو يعب أنفاسًا عميقة من التبغ تحمل الكثير من المعاني. حتى التحيات والسلامات التي يرمونه بها كانت مختلفة هذه المرة، حيث حملت معها نبرات وايحاءات جديدة.

طفله الصغير وقف بجواره وهو يتأمل الفحمات الملتهبة على رأس التبغ. سأل: بابا شو يعني يانصيب؟

سحابات الدخان الخارجة من فتحتي أنفه كانت تتطاير في الهواء، ترسم أشكالًا مختلفة. بعضها بدا مثل علامات استفهام. مسح درويش على شعر ابنه بيده وطبع قبلة على خده. كأن الطفل تلقى الإجابة التي كان ينتظر. ركض يلهو بطابة صغيرة في يده يرميها على الحائط ويلقفها. يفلح مرة وتفلت منه تارة أخرى، وفي كل مرة يضحك على حظه.

درويش يتظاهر في ميدان فلسطين

لم يستسغ درويش الطريقة التي عامله بها موظف التسجيل في الجامعة حين ذهب ليسأل عن سبب رفع الرسوم الجامعية. بشق الأنفس ينجح في توفير المبلغ الذي تحتاجه ابنته ليلى لتغطية رسومها الجامعية في بداية كل فصل دراسي. ها هي سنوات ثلاث قد مرت، ولم يفشل مرة واحدة في أن يوفر المبلغ المطلوب. كل مرة، وقبل أن يغلق باب التسجيل يكون قد دفع الرسوم. لم تشعر ليلى يومًا بأي مشكلة أو مشقة يواجهها أبوها في تدبر الأمر.

في الصباح وضع المبلغ الذي ادخره خلال الشهور الأربعة الماضية في جيبه، وتوجه إلى قسم التسجيل في الجامعة. بلا مبالاة قال الموظف إن الرسوم ارتفعت وإنه بحاجة لستين دينارًا إضافية.

سأل درويش:

- يعني شو اللي اختلف؟

رد الموظف:

- ولا شي. الرسوم ارتفعت.
- شو السبب؟
- ما في سبب.

- كل شيء له سبب.

- أنا موظف. اسأل إدارة الجامعة.

- وأنت شو بتسوي؟!

- أنا موظف. بعدين أنت عامل قصة من الموضوع. كل الناس دفعت، ما في إلا أنت عم بتجادل.

ثم التفت الموظف إلى رجل آخر وبدأ يتحدث معه. ذهب درويش لمكتب مدير قسم التسجيل في الجامعة. السكرتيرة قالت له ببساطة إن المدير مشغول ويمكنه أن يترك رسالة له. قال إنه يريد مقابلته. ردت بأنه مرتبط بلقاءات مسبقة. زمَّ درويش شفتيه وقرر أن يطرح عليها شكواه. ابتسمت بخبث وهي تقول له إن القصة بسيطة. انفرجت أساريره إذ اعتقد أنه وجد الحل، وأن سكرتيرة مدير التسجيل ستبين لموظف التسجيل أن الرسوم ثابتة ولا ارتفاع فيها. كان يُجري الحوارات داخل عقله، ويدفع الاستنتاجات إلى ذروة الرضا الذي يبحث عنه. خاطب السكرتيرة كأنه يكمل حوارًا يدور بينهما في عقله، قائلًا:

- احكي معه، وضحيله.

واصلت ترتيب الملفات دون أن تلتف إليه سائلة:

- مع مين؟

- موظف التسجيل.

سألت هذه المرة وهي تنظر إلى درويش الذي بدا عليه الارتياح وهو يظن أنه يُنهي الأمر:

- شو أوضحله؟

- إنه الرسوم ما ارتفعت.

- بس أنا ما قلت إنها ما ارتفعت. أنا قلت إنها بسيطة.
- كيف يعني؟
- يعني ارتفاعها بسيط.
- ستين دينار وبتقوليلي بسيط.
- شو يعني ستين دينار؟

سألت باستهتار. وأمام نظراته السارحة قالت بتودد مستدركة أنها تعرف صعوبة الأمر في ظل الظروف القاسية والحصار والبطالة، ولكنها موظفة صغيرة وليست صاحبة قرار. وقبل أن يخرج درويش من الغرفة ذات الجدران المكسوة بصور القطط، كانت تُخرج مرآتها الصغيرة وعلبة طلاء الأظافر. فقط صوت الباب حين صفقه درويش نبهها إلى خروجه.

قرر درويش أن يتجه لمكتب شؤون الطلبة. المكتب موصد مثل بوابة قلعة محاصرة. طرق الباب. لم يفتح له أحد. ظل واقفًا نصف ساعة حتى مر أحد الموظفين ففتح الباب ودخل معه درويش. بعد نقاش ليس أقل توترًا من ذلك الذي دار مع سكرتيرة مدير التسجيل قال له الموظف إن الطلاب لديهم مجلس يمثلهم ويستطيعون أن يشتكوا من خلاله، وإن هذه المطالب هي من اختصاص المجلس وهو الذي يجب أن يدافع عن الطلاب.

- بس المجلس ما صار فيه انتخابات من يوم ما فاتت بنتي الجامعة.
- الانقسام الشرير يعيق إجراء الانتخابات.
- يعني ما في مجلس.

وقف الموظف وقد استنفد كل رصيده القليل من اللباقة والتودد المصطنع وقال إن لديه عشرات المشاغل الأخرى غير قضية رسوم ابنته.

سأل درويش باستهتار:

- فهمتني إنك بتحرر فلسطين!

خرج الموظف من المكتب تاركًا إياه وحيدًا. ولما طالت رجعته أدرك درويش أن الرجل خرج ولن يعود ثانية.

أمضى درويش نهارًا كاملًا ينتقل من مكتب لآخر ومن مدير لمدير ومن مسؤول لآخر دون أن يجد من يشرح له السبب وراء ارتفاع الرسوم. حتى الحراس والأذنة جادلهم في الموضوع، ووصل الأمر إلى شجار خفيف مع مدير مكتب رئيس الجامعة. الكل مشغول. الكل مهموم. الكل متفهم. الكل يدرك صعوبة الوضع. لكن لا أحد يقدم تفسيرًا لما يجري. في نهاية المطاف جلس درويش في كافتيريا الجامعة يرتشف القهوة ويسأل نفسه إذا كان حقًا لا يفهم ما يجري، وأن الآخرين يفهمونه ويتقبلونه. ربما كان حارس كلية التجارة محقًا حين قال إن درويش «عامل من الحبة قبة»، وإن الأمر هين. كل شيء في القطاع ارتفع: الضرائب، أسعار الخضار والفواكه والملابس، العقارات. الأمر ليس مقصورًا على التعليم.

سار في الشارع أمام بوابة الجامعة يحدث نفسه أن عليه في نهاية المطاف تدبُّر المبلغ. لم يبق أمام ليلى الكثير حتى تتخرج. أخذ يقلب الأمر يمينًا وشمالًا. «يمكن تدبر الأمر». هز رأسه كأنه وصل إلى نتيجة مُرضية. الشارع مزدحم بالسيارات وبآلاف الطالبات والطلاب الذين يندفعون من بوابات الجامعات الثلاث الواقعة في

محيط الشارع، وبائع الخروب منهمك بصب سائله المثلج من قارورته النحاسية المعلقة على ظهره. لا يعرف ماذا يفعل. لم تعد غزة تتسع لأحلامه البسيطة في أن يرى على الأقل ابنته الصغيرة تتخرج من الجامعة. بقايا الدمار الذي خلفته الحروب والاعتداءات المتكررة ظاهرة في المكان. عوائل شهداء العدوان الأخير تتظاهر أمام مقر مؤسسة الشهداء والجرحى لصرف مخصصاتهم بعد أن فقدوا من يعيلهم. لافتات كبيرة قليلة الكلام لكنها بحجم الألم الكبير. الشرطي يقف تحت أشعة الشمس ينظم المرور على مفترق «الجوازات». الجندي المجهول ما زال يصوب بندقيته شرقًا حيث القدس. الأطفال يلهون بنافورة الماء وسط الحدائق التي تعبر من فوقها نظرات الجندي الحالمة. شارع عمر المختار كعادته مزدحم بالمارة والسيارات حيث سيشق درويش طريقه شرقًا صوب ميدان فلسطين مرورًا بما تبقى من مقر السرايا ثم سوق فراس ومبنى البلدية. رحلة طويلة ومنهكة.

الباعة الجوالون أمام متنزه البلدية. محلات بيع الملابس. مطاعم الفول والفلافل قرب مفترق السامر. عربات الكارو. لافتات محلات البقالة. صوت المؤذن يصدح داعيًا لصلاة الظهر. الزقاق المفضي إلى الفواخير. محل ضخم لبيع التذكارات في فاترينة ضخمة تضم مجسمات لقبة الصخرة وكنيسة المهد ومطرزات، وفي واجهته الأمامية يعرض كل رايات التنظيمات الملونة إلا علم فلسطين. البسطات المنتشرة على أطراف ميدان فلسطين. مجسم العنقاء تكسوه بعض الأتربة. رائحة الشاورما والشواء والفواكه تفوح من أطراف سوق الزاوية. سيارة إسعاف تملأ الميدان زعيقًا وهي

تدلف إلى المستشفى المعمداني. عربات بيع ساندويشات الكبدة والكفتة. امرأة عجوز تبيع التوت في سلال صغيرة من الخيزران.

الصحفية الشابة تستطلع آراء الناس حول العيد. تنتقل مثل طائر الكركز من مجموعة من الناس إلى أخرى، فيما طاقمها المكون من ثلاثة شبان يلحقون بها حاملين الكاميرا وأجهزة الإضاءة والصوت. منهكًا خائر القوى وقف درويش مسندًا جذعه إلى عمود إنارة على طرف الميدان. اقتربت منه الصحفية الشابة سائلة عما إذا كان يريد أن يقول أمنية أو شيئًا بمناسبة العيد الذي سيأتي الأسبوع القادم.

صمت.

لم يقل كلمة.

الكاميرا مسلطة على وجهه والصحفية الشابة تعيد السؤال عليه وهو واجم لا يتحرك. أحد الشبان لكزه من كتفه طالبًا منه أن يلتفت للصحفية. نظر خلفه فوجد ورقة بيضاء كبيرة، تناولها وأخرج قلمًا من جيبه وكتب عليها: «لا لغلاء الرسوم». حمل اللافتة الاحتجاجية بين يديه. ووقف قبالة الكاميرا. أعجبت الفكرة الصحفية وطاقمها. بعد دقائق جاء شاب وحمل لافتة كتب عليها: «لا لبطالة الخريجين»، ثم امرأة تطالب بإطلاق سراح ابنها. ثم بدأت مجموعات من الشبان تتجمهر أكثر وأكثر. كل مجموعة تحمل لافتات مختلفة حول غلاء الأسعار وإنهاء الانقسام وإنهاء الحصار وفتح المعبر والزواج المبكر وغير ذلك. كبرت المظاهرة وبدأت الكاميرات ومحطات التلفزة ترسل بثًا حيًا من المكان. ولم يلبث أن قدم بعض الساسة والمسؤولين ليتصدروا المشهد.

ضاع درويش في زحمة المتظاهرين، وضاعت اللافتة الصغيرة

التي تحتج على غلاء الرسوم بين مئات اللافتات الأخرى. بعد برهة وجد نفسه على طرف الميدان بينما حناجر المتظاهرين تعلو بالهتاف والاحتجاج.

سارت المظاهرة من الميدان باتجاه الغرب وملأت الشارع الطويل، وظل درويش مستندًا إلى عمود الإنارة يراقب المشهد. رمى اللافتة الصغيرة وسار باتجاه «موقف» التاكسيات ليعود أدراجه إلى المخيم.

درويش يشتاق للربيع

اشتاق درويش للربيع. لم تعد روائح أزهار الليمون تملأ النواحي، ولم تعد أزهار الحنُّون تنتشر على حواف الطرقات، ولا حبات البرتقال تتدلى من أغصان الأشجار كأنها تفر من فوق سياج البيارات، ولا كروم التين والعنب تحيط بالمخيم مثل سِوارٍ حول المعصم. شقشقة الحساسين وعصافير الدوري والهداهد والقبرات والبلابل صارت غير مألوفة في شهور الربيع التي لم تعد مترعة بالروائح الزكية والنسائم العطرة الفواحة من الأشجار وثنايا الأزهار والورود.

كانت الطرقات على تخوم المخيم تمتلئ بالبيارات والكروم. وكانت متعة درويش في صباه وحتى عهد قريب هي السير لساعات حولها. تنتشر ألوان الأزهار والورود على أطراف الطرقات مثل رتوش طفل مشاكس في دفتر الرسم، بهيجة وغير منتظمة، لكنها تدخل السعادة إلى نفس درويش وهو يعب الهواء النقي ويتبادل الحديث مع بعض الأصدقاء. كانت رحلات المشي تلك هواية ربيعية ينتظر درويش قدوم الربيع حتى يعاود ممارستها. أينما سار خارج المخيم يجد نفسه وسط تلك الطرقات المزركشة بشقاوة

الربيع. أما الطريق غرب المخيم باتجاه البحر فكانت مثل غابة صغيرة مليئة بالأشجار الحرجية وتلال الرمل الصفراء اللامعة حيث تركض طيور الشنار التي كان درويش يهوى الركض خلفها. الطريق إلى البحر أيضًا كان السير فيها يمثل متعة كبرى له حيث كان في صباه يقطع الشارع الترابي الطويل الموصل بين المخيم والبحر وسط أشجار الغابة وحقول الشوك، بينما ينهش الخوف مفاصله في طريق العودة بعد أن تلف العتمة الكون.

شمالًا وفي أقصى قرية بيت لاهيا حيث الغابة الكبرى، كما كان يعرفها درويش في شبابه وطفولته خلال زيارته لقريبات أمه، كانت الأرانب البرية وبعض قطعان الغزلان صغيرة العدد تستهوي الشبان لملاحقتها ونصب الشباك لاصطيادها. حتى حكايات الغولة وأبو رجل مسلوخة وكل كائنات الغابة المخيفة، من الذئاب والثعالب وحتى الأسود والضباع التي كانت ترويها أمه له، باتت تضفي المزيد من الجمال الآن على تلك الذكريات التي يحملها عن الغابة الصغيرة. جنون الخصوبة يصيب الطريق المفضي إلى الغابة في الربيع حيث تظهر عشرات الأعشاب البرية الصغيرة على حوافه من القريص والبقلة والبرسيم. من بين أغصانها وجذوعها قد يقفز الذئب فجأة أو يتسلل الضبع على حين غرة. أما آثار عابر سبيل داس على الأعشاب فهي مرشحة لأن تكون أثرًا لقدم أبو رجل مسلوخة وهو يبحث عن الأطفال في الغابة حتى يلتهمهم. بيد أن أصوات العصافير وهي تغني، وشدو البلابل، وخفق أجنحة الحمام، فقد كانت كلها تحمل معها إكسير النسيان السحري الذي يبدد الخوف.

عندما تغرب الشمس يغذُّ درويش الخطى عائدًا إلى البيت

يدندن ببقايا أغنية ظلت عالقة على شفتيه. يفرك زهور الحنُّون فاقعة الاحمرار بباطن يده. وبعد أن يُقشر برتقالة يعصر قشرها حتى يطهر يديه بالسبيرتو. يواصل دندنته حيث يكرر الأغنية وكلماتها التي قد لا يكون يحفظ منها إلا القليل، لكنه يعيد تكرارها وربما الإضافة لها، حتى تبدأ بيوت المخيم في الظهور من خلف أحزمة الرمال وأسيجة بيارات البرتقال وكروم العنب والتين. وفي الليل يواصل طقوسه الخاصة. يجلس مع الأصدقاء في الزقاق يتبادلون الحديث حتى ساعات متأخرة من الليل مستمتعين بنسيم الربيع العليل، وبخفة الليل وهو يلف النواحي وسط الأضواء الناعسة الصادرة من البيوت.

حتى احتفال الربيع في المخيم كان بهيجًا. كانت النسوة يزرعن الورد الجوري والقرنفل في أصص كبيرة أمام البيوت أو حتى على عليّات الأبواب، والياسمين الذي يتشعبط على جدران البيوت مظللا المسافات بينها وبين سطح الدار المرتفع. وكانت الورود والأزهار تتفتح وتنتشر روائحها بين الأزقة وتبعث بنسيمها المعطر إلى أنوف المارة. كان السير في الأزقة يبدو مثل السير في ممرات حديقة عامة، مفعمًا بالشذى. وما أبهج أن يكون أحدهم قد أفلح في زرع شجرة لوز أو ليمونة أمام البيت، إذا كان محظوظًا ووجد مساحة تكفي لذلك. ما أجمل لو مررت في الزقاق بأكثر من شجرة. تلك الأشجار المتناثرة أمام البيوت عادة ما تكون محاطة بأسيجة صغيرة تجعل من تلك المساحة التي قد لا تزيد عن مترين أو ثلاثة أكبر حديقة في العالم في نظر أطفال البيت وهم يلهون فيها.

في تلك الأيام كان الربيع يعلن وصوله الصارخ باللون والرائحة والصوت في احتفال مهيب يخفف من قسوة الحياة، وتلك الأيام

البهيجة التي يقضيها درويش مستمتعًا، تظل عالقة في ذاكرته مثل ضوء خافت يومئ من بعيد في قلب العتمة. كان قدومه بلا موعد وبموعد أيضًا. درويش ينتظر تلك اللحظات بفرحة كبيرة، خاصة حين تكون لديه فرصة ليقضي وقتًا أكثر مع الأصدقاء حيث يصطادون العصافير والحمام والشنار ويلاحقون الأرانب البرية، يبحثون عن جحورها، وقد يركضون خلف غزال صغير تاه عن قطيعه. يتسلقون الأشجار باحثين عن أعشاش الطيور. يقطفون بعض الفواكه وينزعون من الأرض بعض الأعشاب التي تصلح للطبخ مثل «اللسان» و«الرجلة» والخبيزة وغيرها. يحملون معهم أحلامهم عن أيام قادمة تكون أكثر سعادة، ويسيرون في دروب الحياة فرحين أنها على الأقل محتملة وممكنة. ثم يعودون في آخر النهار منهكين، لكن فرحين بنهارهم الحافل بالمغامرات والقصص الطريفة والمشاهد الممتعة.

الآن اختلف كل شيء. لم يعد درويش يقوم بتلك المشاوير الربيعية. لم تعد هناك غابة ولا حتى شجرة حرجية واحدة. لم تعد البيارات تطوق المخيم مثل سوار، بل بالكاد يمكن أن ترى بيارة هنا وأخرى هناك مثل وشم باهت. الغابة في الطريق إلى البحر تحولت إلى حي سكني ضخم، أما الغابة شمال بيت لاهيا فقد التهمتها في البداية المستوطنة الإسرائيلية قبل أن تُزال وتصبح أرضًا مكشوفة يطلق الجيش النار على كل من يتحرك فيها لقربها من السياج الحدودي. وبيارات البرتقال وكروم التين والعنب تآكلت أمام زحف العمارات والبيوت والأحياء السكنية الجديدة، وزيادة تعداد السكان، وقلة مساحة الأرض المتاحة. صار كل شيء حول المخيم كتلًا متواصلة من الإسمنت.

ذهب ذلك الجمال الذي كان يكلل تلك الأيام على قسوتها، وتوارت الروائح الزكية، حتى بهجة الشمس وهي تغيب في حضن الموج، حين ترمي عن كاهلها كل عبء النهار، لم تعد تشد النفس وتدعوها للاحتفال بنهاية نهار جميل. ليس هناك ما يذكِّر بوصول الربيع إلا أن يتذكر التاريخ والشهر. لحظتها يغزوه شذى الأزهار وهي تفيق في بساتين الذاكرة. ربما ياسمينة ما زالت تمسك بجهد بجدران أحد البيوت ترسل رائحة زهراتها البيض، وربما عروق النعناع تتدلى من أصيص يتيم في الزقاق. لكن ذلك الاحتفال المهيب الذي كان صخبه يملأ النواحي بالألوان والروائح والأصوات فقد تلاشى، وتوارت روائحه العطرة، وذهبت ألحانه وشدوه بلا عودة.

مثل الكثير من الأشياء الجميلة تظل التنهيدة، التي تكوي الروح ونحن نتذكرها، الأثر الأبرز من حلاوتها. تلك التنهيدة التي تملأ أرواحنا بالأسى وتشيع الحزن في كل من يسمعها، ونحن ننعي تلك الأيام التي كنا فيها أكثر حيوية ومقدرة على التمتع بالحياة. حين يذهب جمال الماضي لا يبقى لنا إلا أن نعيش على ما يتوفر لنا من قدرة لدرء القبح حتى لا يُجهز على آخر شموع الأمل فينا.

يجلس درويش الآن فوق سطح البيت حيث بدأ هوايته الجديدة في زراعة الورود والأزهار في أصص يضعها بشكل منتظم فوق السطح. العام الماضي أحضر حوضًا كبيرًا من الفخار وزرع فيه شجرة ليمون. أوراقها الآن تتمايل مع نسيم آذار (مارس) البارد، وبعض حبات الليمون الصغيرة تعتلي أغصانها. حبل الغسيل أيضًا يتمايل وقد تدلت منه الملابس، ضوء الشمس الخافت يودع النهار.

درويش يجلس على كرسيه القش، أمامه طاولة خشبية صغيرة يضع عليها فنجان القهوة التي أعدها للاحتفال بشجرة الليمون التي أثمرت هذا الربيع. الأسطح تعكس حالة المخيم، وتقدم صورة عن واقعه. فالسطح أيضًا متنفس من ضيق المكان، وهو مكان أيضًا قد يستخدم لنشر الغسيل، أو تربية الطيور، أو لهو الأطفال، وقد يتم بناء غرفة أو اثنتين فوقه لأحد الأبناء حين يتزوج.

قبل أن يهم درويش بالوقوف بعد أن انتهى من ارتشاف آخر ما تبقى من القهوة وهو يستعيد رحلاته الربيعية السابقة ويعيد بحنين تخيل الكروم والبيارات والغابات الصغيرة وحكايات الطفولة والصبا، وقبل أن يكمل وضع الفنجان على الطاولة، حط على غصن شجرة الليمون الصغيرة التي زرعها في حوض من الفخار، حسُّونٌ صغير وأخذ يشدو بفرح لم يألفه درويش منذ سنوات طويلة. ظل يراقب الحسُّون وهو يشدو لزمن لا يعرفه، إلا حين أدركته العتمة ولفَّته مثلما لفَّت كل شيء في المخيم. وظل الحسُّون يشدو، فيما درويش ينزل السلم الخشبي الذي يصل البيت بالسطح.

الحب لا ينتهي

لم يصدق درويش ما قالته ابنته ليلى. كان ممددًا على «الفرشة» في حوش البيت يضع تحت رأسه مخدتين. بحلق في السقف ثم فرك ذقنه التي لم يحلقها منذ ثلاثة أيام. سيارة موزع الغاز تجأر في الشارع ثم جلبة تنزيل وتحميل الأسطوانات المليئة والفارغة، ودرويش ممدد على الفرشة فيما ليلى تجلس بجواره تنتظر رده فعله. ابتسم وهو يتذكر كيف جهزت له الكسترد من الحليب الطازج وزينته بحبات العوامة المحلاة بالعسل، ولم تنسَ غلاية القهوة، ولا حبات الشوكولاتة. كل شيء في حركتها كان يقول إنها تريد منه شيئًا. بعد أن عادت من الجامعة اليوم، قالت له إنها تريد أن تخبره بأمر ما. هز رأسه وهو ينتظر أن تواصل الحديث. نفضت شعرها بعد أن فكت الشال عنه، وقالت: «كمان شوية».

«الشوية» تلك كانت تلك الفترة التي قامت خلالها بتجهيز الكسترد والعوامة بعناية وهي تسأل نفسها كل ثانية عن ردة فعله المرتقبة. سكبت الحليب في الإناء على النار وظلت تبحلق في صفحته البيضاء وتحرك كأنها تحاول أن تكتشف شيئًا أو تبحث عن شيء لا تراه. لا تعرف صديقًا إلا هو. منذ رحلت آمنة وتركت له

الطفلين بات درويش أبًا وأمًا لهما. ليس ذلك فحسب بل كان الصديق والصاحب. اعتادت ليلى أن تخبره كل شيء يحدث معها. في المساء يجلس الجميع يشربون الشاي فيما طيف آمنة يحوم فوق رؤوسهم والإحساس بالفقد يلوِّع قلوبهم، والحنين للمَّة العائلة المرجوة بعد أن يخرج الولد من السجن أو يعود الإخوة من الخارج، ليبدؤوا تبادل الحديث الممزوج بالذكريات والمعطر بالحنين والمجبول بالأمنيات. تسرد ليلى كل ما مرَّ بها من مواقف، وتروي كل شيء صادفته، ثم قد تنفجر ضحكًا على موقف أو مفارقة أو عبارة سمعتها. ودائمًا كان للأسرار حيز يكفي حتى يشعر الجميع بالأمان. كان درويش صديق ليلى الأقرب وحافظ أسرارها وناصحها الأصدق.

سكبت الكسترد في الصحون ورشت على وجهه المكسرات ثم بدأت بتجهيز العوامة، حيث بدت أكثر ترددًا في أن تفاتحه بالأمر. هزت رأسها تنفض الفكرة عنه، وهي تتأمل حبات العوامة تطشطش في الزيت المغلي قبل أن ترفعها وتضعها في العسل. قالت لنفسها إنها لن تفعل. لن تخبره بالأمر. تظاهرت أنها نسيت وأخذت تفكر في الامتحانات الأسبوع المقبل وبضرورة تنظيم وقتها كي تدرس بشكل جيد حتى تحافظ على معدلها مرتفعًا. لكنها لم تفعل.

ما إن أنهى درويش كلمات الثناء على الكسترد الذي قال إنه قريب من ذلك الذي كانت تعده آمنة، وذلك أقصى ما يمكن أن يقوله من إطراء، وبدأ بشرب القهوة، حتى خرج السؤال من فمه ليقلب كل هدوء ليلى المصطنع.

- هاتي أشوف، شو فيه؟

- ما في شي.

- عيني بعينك.
- ما في شي.
- بالمرة؟
- خلص، انسي.

وكأنها تقول لدرويش ألا ينسى. أدرك أن ابنته تريد قول شيء لكنها مترددة. أكل حبة الشوكولاتة وهو يصب المزيد من القهوة في الفنجان، وقال:

- خلص راح أنسى بس إنت ما راح تنسي.

تماسكت وهي تبحلق بالسجادة الصغيرة التي تتوسط الحوش.

- بدك تسمع.
- هاتي لأشوف.

القصة بسيطة لكنها مربكة. تعرفت ليلى على شاب في الجامعة. قابلته مصادفة ثم قابلته مصادفة مرة أخرى ثم مرة ثالثة. كأن تلك رسائل من القدر كما قالت. ثم قابلته مرة رابعة خلال ورشة عمل اتفقا أن يلتقيا فيها. وهكذا. لا تعرف ما الحب، لكنها تشعر أن شيئًا داخلها يتحرك كلما خطر ببالها. وتعرف أنها حين قال لها «بحبك» وهما يسيران قرب دوار الميناء رجف قلبها مثل قط وقع في جردل ماء بارد. بالطبع هي لم تقل لدرويش كل ذلك. كل ما قالته له إنها تعرفت على شاب في الجامعة، ويريد أن يتقدم لخطبتها. وحتى تبدو القصة طبيعية قالت إنه أخو صديقتها في الجامعة. كأنها تريد أن تقول له إن الأمر ليس أكثر من زواج مرتب.

سأل درويش:

- بتعرفيه؟

الأسئلة أكثر شيء يربك حين نتحدث عن مشاعرنا.

- زميلي في الجامعة. وأخو صاحبتي.
- يعني بتعرفيه؟
- آه.
- حكيتي معاه؟
- شوية.

ثم واصلت الحديث عن أن الأمر عادي جدًا. في الجامعة من السهل أن يتحدث شاب مع فتاة، كما أن الأمر ليس أكثر من حديث عادي عن الحياة والجامعة والمحاضرات. ثم أنها فوجئت حين أخبرها أنه يريد التقدم لخطبتها. ولم تنسَ أن تؤكد أن أخته، التي هي صديقتها، كانت معهما حين أخبرها بذلك. أما قصة الأخت التي هي صديقتها فلم تكن حقيقية، لكنها وجدت نفسها تختلقها كأحد دفاعاتها لتخفيف وقع القصة على والدها. لم تأتِ على سيرة الحب كثيرًا ولا على الرسائل التي يرسلها لها على هاتفها النقال. كما لم تذكر شيئًا عن دقات قلبها حين تراه ولا ارتباكها حين يرميها بكلمات ناعمة. لم تقل شيئًا. حاولت أن تقدم الأمر بوصفه خطوبة عادية. لو أنها لم تقل له شيئًا! لو أنها لم تخبره! كان يمكن لها أن تترك الأمر يحدث مثلما يحدث في الحياة. تأتي النسوة للبيت خاطبات. يطرقن الباب ثم يتحدثن للفتاة ويعرضن على العائلة خطبة بنتهم لابنهم. ثم يأتي الشاب ليرى الفتاة وينتهي الأمر. يتفقدها جيدًا وهي تقدم القهوة للحضور بارتباك. كان يمكن لها أن تترك الأمر يتم دون

عناء المواجهة مع والدها. لكنها فضلت أن تخبره بكل شيء. حتى قصة الصديقة التي هي أخت الشاب، التي ابتدعتها خلال الحديث، قالت لنفسها إنها ستخبره أنها ليست حقيقية، وإنها اختلقتها حتى تخفف عنه. وستخبره أنها لو خيرت ستختار الشاب.

سأل درويش فجأة:

- بتحبيه؟

هزت رأسها عشرات المرات، كأنها تبعد عنه فكرة شيطانية.

ابتسم درويش وقال:

- خلص إذا ما بتحبيه ليش نتعب حالنا.

لم تمتلك الجرأة أن تقول إنها تحبه. لأنها فعلًا لم تعرف كيف يمكن للإنسان أن يحب. هل إذا دق قلب المرء كلما رأى شخصًا، أو ارتبك حين يتحدث إليه، أو شعر بالفرح إذا سمعه يتحدث، أو ارتجف وشعر بخدر في جسده حين يتذكره، هل يعني هذا أنه يحبه؟ ربما! لكنها الآن وقد تجاوزت العشرين لم تختبر من قبل تلك المشاعر، ولم تعرف كيف تتحدث عنها. لم تتخيل حتى أنها يمكن لها أن تصرح بها. لم تمتلك الجرأة الكافية لفعل ذلك. في الحب أيضًا الجبن شيء أساسي نلجأ إليه لنحتمي من تدخلات الآخرين وثرثراتهم.

عاد درويش للسؤال مرة أخرى:

- خلص انسى الموضوع.

رمت شعرها للخلف، وحدقت في الجدار المقابل لها وهي تقول بإصرار هذه المرة:

- خلص إنسى.

لكن حتى درويش لا يمكن له أن ينسى. لا أحد ينسى حين يتعلق الأمر بقلبه. نظل نتذكر تلك اللحظات التي اكتشفنا فيها أن لنا قلبًا، وأن هذا القلب له وظيفة أخرى غير وظيفته البيولوجية، وأنه يدق مثل طبل في عرس، ويرتجف مثل تائه في صحراء، وينتفض مثل عطشان لمست شفتاه الماء بعد زمن. لا أحد ينسى هذا الاكتشاف المذهل للجانب الآخر من الحياة، الجانب الذي نتحول فيه إلى فراشات ناعمة تحترق لكنها تهوى الحريق. درويش يعرف أنها لن تنسى ولا تريد له أن ينسى.

الآن بعد مرور أكثر من أربعين عامًا لم ينسَ درويش تلك اللحظات التي رأت فيها عيناه آمنة. ما زال يحس الإحساس نفسه، يرتجف كلما خطرت تلك اللحظات بباله، ينزلق قلبه في قاع بئر عميق، ويصير مثل طفل يلهث خلف كرته (أو قلبه) وهي تهوي إلى أسفل. أشعل سيجارة جديدة وهو يبحلق في شريط ذكرياته يتأمل بشغف نفسه وهو يسير في ذلك النهار المشمس في شارع المدارس. كان شعره غزيرًا وقتها، وسالفه الطويل يمتد حتى آخر فكه العلوي، وبنطاله الشارلستون رماني اللون وقميصه المشجر بياقته المنشاة، يرسل نظراته الخجولة. مرت آمنة مع مجموعة من البنات وكانت عائدة من المدرسة الثانوية. تلاقت العيون، وتبدلت الوجوه وارتبكت الأقدام، وفي مكان ما كان الطفل كيوبيد يضحك حيث أصابت سهامه قلبين سيتعلقان ببعضهما إلى الأبد حياة وموتًا.

قالت له آمنة بعد ذلك إن نظراته الجريئة أربكتها. صديقاتها انتبهن إلى ارتباكها وقلن لها إن الشاب ذا السالفين الطويلين كان ينظر إليها. حاولت أن تنفي أنها رأته حتى. ضحكن ضحكة متآمرة

وقلن إن العيون تفضح. والعيون تفضح فعلًا خاصة إذا حاولنا أن نخفي ما تخبئه، تفضحنا أكثر.

ظلت ليلى ربما لنصف ساعة ساهمة، تنتظر أن ينطق درويش بكلمة. أشعل سيجارة أخرى. طلب منها أن تحضر له غلاية قهوة جديدة. قامت بنشاط هذه المرة لا تفكر في شيء إلا في تلك الابتسامة التي ارتسمت على وجهه وهو يطلب القهوة. وفيما كانت تصبها له بدأ يروي لها كيف تقابلت عيناه بعيني آمنة في ذلك النهار، وكيف شعر بالحب دون أن يعرف ما هو ودون أن يبحث عنه. وروى لها كيف فتحت له آمنة الباب يوم ذهب لخطبتها.

أحضرت فنجانًا آخر وصبت لنفسها قهوة، وأخذت ترشفها وهي تستمع لقصة حب والديها التي كانت كالخمر كلما تعتقت زادت لذة. درويش أبرع من يتحدث عن الحب، أو كأن كل العشاق كذلك حين يروون قصص عشقهم. ليلى تسرح وتعود بالزمن فتصير هي آمنة، ثم تعود به فترى نفسها ترتجف وهي تنظر في عيني الشاب الذي عرفت الحب على يديه. ودرويش كأنه وجد مناسبة للحديث عن قلبه.

هجرة قصيرة

استيقظ درويش نشيطًا. الشمس خلف زجاج النافذة تفرك عينيها مثل طفلة في طريقها إلى المدرسة. بائعة اللبن العجوز تطوف والجرة الفخارية على رأسها تنادي على الزبائن النائمين. صوت الصبية يحملون صحون الفول والحمص والفلافل يشتكون من الامتحانات. والشيخ محسن يتنحنح وهو يفتح باب بيته وكعادته يبدأ نهاره بـ«يااااااااااا الله» تهز الأزقة. سيارة الشرطة تطلق بوقها قبل أن يخرج الشاب الذي صار في ليلة وضحاها ضابطًا كبيرًا.

أخذ يلتهم منقوشة الزعتر وكأس الشاي الخزفي بيده. لا شيء يضاهي مناقيش آمنة ولا فطائرها بالسبانخ، أو تلك التي كانت تعدها بلحم طائر الفرّي الصغير المتبل بالسماق. كانت كل قضمة تعيده للوراء مثل رعشة كهرباء تسري في عروقه، وكان كل مرة يتذكر آمنة يحس أنها رحلت قبل ثانية أو كأنها ما زالت بجانبه لكنها على وشك الرحيل. وجع الذاكرة الذي لا يندمل. الفقد الذي يعرف درويش كيف يعتصر القلب مثلما تسحق شاحنة علبة كوكاكولا فارغة. وكان يحس هذه المرارة، فآمنة صارت مجرد ماضٍ جميل لا يمكن استعادته إلا بالألم وقسوة التذكر، وكذلك والده الذي عاش وهو يحلم ومات

وهو يحلم ولم يتحقق حلمه إلا بسماع نشرات الأخبار التي لم تأت له إلا بالمزيد من الأحلام، وابنه الذي أمضى عمره الجميل خلف قضبان السجن ولم يحرره السلام ولم يُعِدْه إلى الشباب الذي بدأ يغادر العمر، وإخوته الذين رمت بهم الحروب إلى خارج البلاد. كان عليه أن يتكيف مع هذا الشعور ويظن -أو عليه أن يعتقد- بأن ثمة ما هو أجمل رغم كل شيء. وكان يحدق في طفله وهو يقضم منقوشته وبعض قطرات الزعتر تغطي شفتيه، ويبتسم.

الطريق من المخيم إلى غزة تغيرت كثيرًا، فبيارات البرتقال اختفت وحلت مكانها البنايات، والطرق الرملية الناعمة التي كان يلهو فيها صارت مسفلتة ترتفع على جانبيها أعمدة الكهرباء. كانت غزة تكبر وتكبر وتتضخم والمكان يضيق. الإسمنت وعلب الباطون الشاهقة تزحف بشكل مرعب على كل بقعة خضراء تلتهمها وتلف ذراعيها حول رقبتها. كان الأمر في بدايته جميلًا، حيث صارت المدينة بعد اتفاقية أوسلو أكثر شبابًا وحيوية: العمارات ترتفع كأنها تهمس للغيوم بأن ثمة مستقبلًا يولد، والمحلات الضخمة بواجهاتها الزجاجية ومعروضاتها الفاخرة المستوردة تدعو الزبائن للحلم بحياة أجمل، والسيارات، والفتية والفتيات الذين يتجولون في الشوارع يقتنصون لحظة حب بدأت تستيقظ في قلب المدينة.

مسح درويش شفتيه وهو يبتسم للزغرودة الصادحة التي أطلقتها جارتهم أم حسن حين رأت ابنها يعود إليها بعد عشرين عامًا بالزي العسكري والبيريه الأحمر على كتفه. ذكَّرته حينها باللحظة الجميلة التي كان يتمنى أن يجود بها الزمن عليه فيرى ابنه أو إخوته. يومها خرج درويش إلى ساحة المجلس التشريعي لحضور الاحتفال

الكبير. كان ذلك في أحد نهارات تموز (يوليو) عام ١٩٩٤. اندفعت آمنة وسط الجموع تهتف للسلام الذي سيجلب لها ابنها.

كان شارع عمر المختار مكتظًا، والمشهد مثل يوم الحشر، فالناس يندفعون للشارع من كل حدب وصوب. أمسك يد آمنة وتمكنا من الوصول إلى وسط الميدان. وقفا تحت نصب الجندي المجهول قبالة شرفة المجلس.

الآن اختلفت الصورة، فالأمل مات، والحلم صار غباشًا ولم يعد هناك غدٌ ينتظر. الكل يحلم بالهجرة، باللحظة التي يحلق فيها مع النوارس فوق البحر بحثًا عن بلاد جديدة، بالقصص التي سيرويها عن لحظات الحاضر التي ستصبح من الماضي، بالسعادة التي يتمنى أن يعيشها بعد أن يتخلص من الألم الذي يحسه. لكن لا أحد يعتقد أن ذلك ممكنٌ هنا. فقط عبر الخروج من بوابة غزة يمكن لكل هذا أن يتحقق. لم تكن تلك القصص ولا هذه الأحلام بالجديدة على درويش، فشبان الحارة ليس لديهم حديث إلا ذلك، أن يسيروا في شوارع أوروبا أو يبنوا بيتًا في كندا أو أستراليا. غزة صارت لا تطاق.

حتى البحر لم يعد ينفع، فهو ليس أكثر من لوحة جميلة معلقة على جدار غزة، الرئة التي لا تفعل شيئًا أكثر من تزويده بالهواء، حتى هذا الهواء لا يكفي ولا ينفع. خيل لدرويش أنه قد يصحو يومًا ولا يجد أحدًا في الحارة، أن يكونوا قد هاجروا بحثًا عن حياة مختلفة. اعتصرته المرارة وهو يقارن بين الزمن الذي كان فيه الحلم ممكنًا وهذا الزمن الذي صار فيه الهروب من الحلم خلاصًا، بين نشرة الأخبار التي كان والده يتمنى سماعها لتخبره بلحظة فرح وبين السرد الطويل والممتع الذي يرويه الشبان عن أصدقائهم الذين

سبقوهم بالهجرة إلى السويد أو النرويج، وكيف يعيشون الآن حياة رائعة.

حين خرج في الصباح كانت أم علي تجلس على عتبة البيت تتشمس، تبحث عن دفء مفقود بعد أن غادر الصغير علي وتركها وحيدة في البيت. قبل أن يغادر بليلتين، وحين أبلغها أنه قرر الهجرة إلى كندا، بكت مثل غيمة. جاءت إلى درويش تتوسل إليه أن يتحدث معه لعله يقنعه. أشعل الشاب سيجارته بعود ثقاب كبير ورماه بغضب من النافذة. كان الدخان المتصاعد من وجهه يقول إن محاولة درويش فاشلة، لكن في مرات كثيرة لا بد من المحاولة حتى لو كنا ندرك فشلنا.

«ماذا تبقَّى في غزة؟»

هكذا بدأ الشاب. بعد أن تخرج بخمس سنين لم يجد عملًا. المعابر مغلقة والحدود صعبة، وفرص العمل نادرة، والدولة بعيدة، وعملية السلام ميتة، والمقاومة ميتة أيضًا. فالاقتتال الداخلي جعل كل شيء صعبًا. ليس هذا فحسب، بل إنه ذكَّر درويش بأنه أمضى شهرًا كاملًا في السجن لدى جهاز الأمن لأنه انتقد أحد الوزراء في ندوة كان يحضرها.

«الوزير الذي كان مكوجيًا قبل أن يصبح وزيرًا بثلاثة أشهر».

يعيش علي الآن في شمال النرويج حيث نهاية الكون أقرب إليه من غزة.

نزل درويش من سيارة الأجرة في نهاية شارع يافا بعد شجرة السدرة. كان عمال البناء يرممون مسجد السيد هاشم. المحال

التجارية في شارع فهمي بيك تفتح أبوابها والرجل العجوز يجلس على الأرض يفرد بطانية صغيرة، يقدم للمارة شهادات طبية واجتماعية تقول إنه يستحق المساعدة. أخرج درويش شيقلًا ورماه على البطانية.

في نهاية الشارع وقبل أن يدلف إلى ميدان فلسطين، أو الساحة كما يسميها البعض، تناول كرسيًا من الخشب والقش وجلس خلف طاولة صغيرة في المقهى. جاء إليه الشاب باليانسون وكأس الماء. أخذ يحدق في تمثال العنقاء الذي غطته الأتربة، وبدت العنقاء غير قادرة على النهوض أو لعلها تفضل الموت. سأل الشاب عن الوقت. كانت تقترب من التاسعة. سينتهي من شرب اليانسون وينهض بعد قليل ليذهب إلى مكتب السياحة والسفر في الطابق العلوي في البناية المقابلة للمقهى.

تحسس الكيس الورقي الذي يضع فيه جوازات السفر التي استصدرها قبل يومين وهو يتأمل مدخل شركة الباصات في الطرف المقابل للشارع حيث كان يأتي هو وآمنة لزيارة ابنهما في السجن لينطلق بهما الباص إلى سجن نفحة الصحراوي. كانا يصلان في الفجر، يشتري لآمنة الكعك بالسمسم والفلافل، يصب لها الشاي من التيرموس في كوب بلاستيكي. وكان الانتظار مثل جمرة تكوي، تنزل في الصدر.

أثقلت عليه الرسائل المتتالية التي بعث بها أخوه الذي يعيش في نيوزلندا، يقول له فيها إن الحياة لم تكن أجمل ولا أبهى بالنسبة له مما هي عليه الآن. ويقترح، وفي كل رسالة، أن يلتحق به هناك. هو سيتكفل بكل شيء: بمصاريف السفر والمعاملات. في الرسالة الأخيرة قال له ما أجمل أن نلتقي حتى لو خارج البلاد، على الأقل

نلتقي، نجلس حول سفرة واحدة. سأله إن كان ما زال يذكر كيف كانا يتمازحان ويتقاتلان وهما يلتهمان طعام الغداء في أول حياتهما. كانت الحياة قاسية ولكنها محتملة وقتها.

«على الأقل نعيد لحظة من الماضي حتى لو لم تكن داخل البلاد».

أما بالنسبة لابنه، فاقترح أخوه أنه عندما يخرج فبإمكانه أن يعود إلى غزة ويحضره معه إلى نيوزلندا.

«سهل جدًا يجب ألا تقلق ... خارج غزة كل شيء ممكن».

وفي رسالة أخرى بدا الأخ أكثر صراحة وقسوة ربما حين قال إن عملية السلام ماتت وإن خروج الأسرى صعب والانتظار أصعب. في آخر المطاف اقترح الأخ زيارة لشهر أو شهرين ثم يقرر درويش إن كان سيبقى أم لا.

«أنا فقط مشتاق ولا أريد أن يفرقنا الموت دون أن نتعانق.. لا أريده عناق الموت».

بكى درويش ونزلت الدمعات على وجنتيه مثل حبات الجمر، آلمته. حدق في صور إخوته معلقة على الجدار، وفي القارب الذي يتمشى ببطء فوق ماء البحر لا يريد أن يبرح الشاطئ في صورة الميناء القديم ليافا المعلقة بجوار صور إخوته.

نقد الشاب ثمن اليانسون وحمل الكيس الورقي ونهض ببطء وتثاقل نحو البناية حيث يوجد مكتب السياحة والسفر الذي قال أخوه إنه تحدث إليهم وسيساعدونه في استصدار الفيزا وتذاكر السفر وكل ما يلزم.

كان يسير مثل التائه في الزحمة، والميدان بدأ يكتظ بالمارة

والمتسوقين وطلاب وطالبات الجامعات والسيارات ورجال الشرطة. كانت عيناه تجولان في الأفق لا يركز على شيء بشكل محدد، يرى الناس مثل رسوم متحركة تسعى في فضاء أزرق. فجأة سحبه شاب ضخم من أمام الباص الذي كان يطلق بوقه المزعج بقوة وهو يخرج من باب شركة الباصات. كاد الباص يدهس درويش لولا تدخل الشاب. كان السائق الخمسيني ذو الشارب الكبير يبتسم لدرويش. إنه السائق ذاته الذي اعتاد نقله هو وآمنة وأهالي الأسرى إلى سجن نفحة الصحراوي حين كانت الزيارة ممكنة. كبر قليلًا وشاب شاربه قليلًا، لكن نظراته هي نفسها التي كانت تشحنهم بالأمل حين يحكي لهم حكايات وقصصًا وهو يمخر بهم عباب الطريق الصحراوي الطويل في رحلة تستغرق ست ساعات. تلاقت نظرات الرجلين، ابتسم الرجل ذو الشارب الكث ابتسامة عريضة وهو يقول لدرويش:

- الله بعين، كيف الولد؟

كان هناك طفل صغير يلهو بجوار تمثال العنقاء، يمسح الأتربة عن جسدها الهلامي الذي ينهض من رماد المدينة، فيما أمه تستحثه وهي تغريه بساندويش الفلافل الساخن، والطفل غارق في مهمته الجديدة. استدار درويش وعاد أدراجه إلى شارع فهمي بيك ونزل صوب شارع يافا حيث السيارات التي ستقله إلى المخيم.

البحث عن قوس قزح

هذا نهار جديد. كل صباح نهار جديد. المنخفض الجوي متواصل منذ أيام. لم تهدأ السماء فالمطر ينزل دون انقطاع. أفضل شيء قد يفعله المرء في مثل هذه الأجواء أن يجلس في البيت مع أطفاله حول مدفأة يشرب السحلب أو يشوي الكستناء. هذا ما يفعله درويش دائماُ في مثل هذه الأوقات. أوقد النار في كومة من الحطب في الكانون. صوت المطر إيقاع منتظم فوق أسطح البيوت. كل شيء معطل في غزة اليوم، لذا لم تذهب ليلى إلى الجامعة ولم يذهب طفله إلى المدرسة، أما هو ففضَّل البقاء في البيت.

وقف خارج باب البيت. العلية فوق الباب تقيه المطر، حوض النعناع فوقها يرتجف. يدا درويش أيضًا ترتجفان. الماء يجري في الأزقة، يتجمع في الشوارع العامة. برك منتشرة في كل النواحي. مشهد متكرر. قد تختلف بعض تفاصيله، لكنها تظل كما هي كل شتاء.

يتذكر درويش الاستعدادات الضرورية التي كانت العائلة تأخذها قبل كل شتاء. التأكد من عدم وجود ثقوب في ألواح الإسبست أو الزينكو التي تغطي سطح البيت، وتغطيتها بالنايلون وتثبيتها بالحجارة.

إعادة بناء عتبة البيت حتى لا تسمح بدخول مياه الأمطار من الشارع. كومة الحطب لإيقاد النيران.

ليلى تقلب الكستناء بين الجمرات والطفل يكسر الأعواد الناشفة ويرمي بها في الكانون. النيران تطقطق في إثارة تليق بهذا اليوم العاصف.

شعر درويش بالملل. الملل يتسلل بخفة إلى أرواحنا. لكننا لا ندرك وجوده إلا بعد أن يكون قد استوطن فيها، ولم يترك لنا مساحة كافية لنستمتع بالحياة حولنا. جلس على الكرسي يتأمل النار. وجه ليلى يلمع من خلف اللهب، ويدا الطفل مشغولتان بتقليب النار.

لمعت الفكرة بجنون في رأسه.

نظرت ليلى بتردد وظنت أنه يمزح. بل كانت متأكدة أنه يمزح. فالسماء لم تتوقف عن المطر والريح تكاد تقتلع الأشجار من شدتها، والشوارع مليئة بالمياه، والبرد لا يُحتمل.

تناول المفاتيح عن الفترينة ولوَّح بها.

بدت الفكرة مثيرة للطفل. دخل للغرفة يرتدي ملابسه الثقيلة التي تحميه من البرد.

«سنبحث عن قوس قزح حين تتوقف الأمطار».

اختصرت العبارة ما ينوي درويش فعله. كان طفله كلما توقفت الأمطار ينظر من النافذة لعله يعثر على قوس قزح يستيقظ مع الشمس. الآن سيخرج الجميع في مهمة البحث عن قوس قزح.

بعد دقائق كان درويش يقود سيارة صديقه رمزي التي تركها في عهدته حتى يعود من مرافقة أمه في رحلتها العلاجية بأحد

مستشفيات مدينة حيفا. أوقف درويش السيارة قرب شاطئ البحر. ما زالت الأمطار تتساقط وما زال قوس قزح يختبئ خلف الغيم.

الأمواج ترتفع بغضب نحو السماء، تضرب رمال الشاطئ بسخط. صوت البحر المزمجر، زبده المتكوِّم فوق الموج، الرمال المنهكة من شدة ضرب الموج، صخور الشاطئ المتعبة من المد والجزر وهو يعريها ويلبسها ثوب الماء، أكوام الزلف والخزف تهسهس تحت الأرجل كأن حياة مفقودة ستبعث منها عما قليل، الخيام المنتشرة على الشاطئ والتي كانت طوال الصيف مزار مرتاديه تقيهم حرارة الشمس، مثل أرجوحة الآن في يد الريح وهي تندفع من قِربة البحر.

أخرجت ليلى هاتفها النقال وأخذت تلتقط بعض الصور لوالدها ولأخيها ولها. الطفل يركض عكس الريح، يقفز عن الماء الذي لا مفر منه، يضرب أكوام الزلف والخزف بقدميه، يمسك بالرمل ويرمي به في البحر. لا قصور يبنيها منه كما كان يفعل في الصيف، ولا سلطعونات يلهو خلفها حين تخرج من جوف الرمل، ولا طائرة ورقية تحلق فوق البحر تبحث عن مهبط آمن تحمل معها أحلامه التي تتفتح مع الربيع.

واصلت السيارة انطلاقها جنوبًا حيث ما تبقى من كروم العنب في منطقة الشيخ عجلين. فيما مضى كانت كروم العنب على مد البصر قرب الشاطئ. الآن تمتد البنايات في معظم المكان. فقط في فسحات قليلة ما زالت بعض الكروم تقاوم الفناء. غزة باتت غابة من الإسمنت بعدما كانت غابة من الخضار من بيارات البرتقال وكروم العنب والأشجار الحرجية.

هدأت الأمطار وبدأت بعض أشعة الشمس تحاول الخروج واهنة من تحت الغيوم التي تتبدد. فجأة شق قوس قزح السماء. ألوانه تدعو للفرح. هلل درويش وهو يشير إليه ناحية الشمال. الطفل ما زال يتخيل نفسه يتزحلق عليه، أو يجلس عليه وفي يده صنارة يدليها في البحر، مثلما اعتاد أن يحلم درويش وهو طفل. ليلى مشغولة بالتصوير وتنزيل الصور على صفحتها في الفيسبوك. صار درويش يشعر بالعزاء أن الانترنت بات يجلب له أخبار إخوته. فهو يدردش عبر صفحات ليلى على مواقع التواصل الاجتماعي مع الكثير من أبناء وبنات إخوته الذين لم يسبق له أن رآهم.

ها قد وجدوا قوس قزح. الطفل يراقب القوس، لا تفارقه عيناه. يبدو الأمر مثيرًا. كان يخرج رأسه من شباك السيارة يبحث عنه بعد أن سار درويش بهم جنوبًا.

توقف درويش بالسيارة فوق الجسر الذي يمر فوق وادي غزة. كانت المياه تجري بعنف في الوادي. بدا مثل نهر جميل يسير في مكان آمن. الوادي لا يجري إلا في الشتاء، والمحمية الطبيعية التي كانت تحيط بضفتيه تكاد تنقرض منها الطيور. الآن المياه تجري بصخب مندفعة غربًا نحو البحر. أخذت ليلى تلتقط الصور لدرويش وهو يقف فوق الجسر يركز ساقيه على الدرابزين الحديد، يتأمل الوادي. صور السيلفي والضحكات العفوية.

السيارات المارة فوق الجسر تسير ببطء وسائقوها ينظرون للثلاثي المنبهر بالمنظر الجميل للوادي المليء بالمياه. ثم تتوقف سيارات متفرقة قربهم وينزل ركابها ليلتقطوا صور السيلفي لهم

والوادي خلفهم. كأن الناس اكتشفت الوادي فجأة، كأنهم أدركوا كم يبدو جميلًا.

قوس قزح يعود مرة أخرى خلف البنايات العالية في مدينة الزهراء قرب الوادي، والريح ما زالت تحمل رائحة المطر الذي سيعاود الهطول في الليل كما يقول المذيع، والناس يستمتعون وهم يلتقطون الصور فوق الجسر فيما يعود درويش وابنته وطفله أدراجهما نحو السيارة ليواصلوا يومهم الممطر.

صباح الخير أيها الماضي الجميل

كان يسير في الشوارع بلا هدف. خطر له بأنه ملَّ تفاصيل حياته. أراد أن يسير لا لشيء إلا ليخلو لنفسه. أراد أن يحس أنه غير ملتزم بشيء، لا شيء على الإطلاق. وكان بين الفينة والأخرى يدندن ببعض الأغنيات. انتبه فجأة أن ذاكرته لا تسعفه إلا بالأغاني الحزينة. توقف عن الغناء. خطر له لو يستطيع الرحيل عن الدنيا ثم يعود. فرك جبهته وقال «هذه أحلام محبطة». ثم قرر لو أنه يستطيع العودة بحياته للوراء. يحب طفولته رغم أنه لا يذكر فيها غير شقائه. لكن حتى الأشياء القبيحة في الماضي تبدو الآن جميلة.

ما أجمل الماضي. لذا فكر لو أن للماضي صندوقًا يفتحه ويطل منه على كل الأشياء التي ذهبت. أعجبته الفكرة. صار يتأمل صندوقه ثم يفتحه، ينظر داخله إلى الأحداث التي مضت. بالطبع لن يترك الأحداث على حالها، سيغير ويبدل فيها. اليوم الذي لا يعجبه سيشطبه ويزيله من الصندوق، وربما يستبدله بيوم آخر. بدا الماضي أكثر جمالًا. والحال كذلك، صار صندوق الماضي مصدرًا للسعادة، وصار لزامًا عليه أن يحيط سعادته بطقوسية عالية. كان يصحو في الصباح تمامًا، أول شيء ينظر إليه هو الماضي. يجلس على حافة

السرير، السيجارة لا تزال في علبة السجائر المتواضعة تنتظر أن يخرجها ويشعلها بعد أن ينتهي من التحديق في صندوقه. يفتح صندوق الماضي وهو يقول له: «صباح الخير أيها الماضي الجميل». ويبتسم مثل طفل يستعيد براءته. وكان يرى نفسه مثل لاعب السيرك مرنًا يتقلب بين الأيام والشهور، يسعده أنه يستطيع أن يحب الحياة إلى هذه الدرجة. ويسعده أكثر أنه يستطيع التصالح مع شقائه وأحزانه التي مضت، ينظر إليها مثل من يشاهد فيلمًا سينمائيًا. لم يذهب درويش إلى السينما في حياته إلا ثلاث مرات في شبابه. وكان يبتسم كل مرة يكتشف فيها أن حدثًا ما من الماضي لم يكن بهذا القدر من السوداوية التي كان يتخيلها، أو أن شخصًا ما لم يسئ له كما تصور فيما مضى. بدت الأشياء أجمل مما كان يتصور، وصار الماضي أكثر مدعاة للسعادة من الحاضر أيضًا.

في داخله شعر بنوع من المرارة بأن الأيام التي تمضي أيضًا أجمل من الأيام التي تأتي، لكن ميزة هذا الشعور أنه دفعه للتمسك أكثر بصندوقه الجميل الذي يزين له الدنيا ويلون له الكون رغم أنه يقر بينه وبين نفسه، فيما هو يمج سيجارته رخيصة الثمن، بأن الأمور لم تكن بهذه السهولة، وأن الحياة ما كانت يومًا بهذه المرونة. أيًا كان الحال، فالحياة تستحق أن ينظر إليها بإيجابية كما همس وهو يفرك سيجارته في قاع المنفضة النحاسية، ويقوم عن السرير حيث لا بد أن يرتشف القهوة قبل أن يقف أمام صورة آمنة المعلقة على الجدار ويثرثر معها في أمور الحياة.

مر زمن أصبح صندوقه أيضًا من أشياء الماضي الجميلة وبات عليه أن يصحو في الصباح لا يفعل شيئًا غير تذكر هذه الأيام الرقيقة التي كان ينظر فيها للماضي مثل طفل ينظر إلى لعبة جميلة على شكل صندوق أنيق، وطاب له أنه يحب ماضيه رغم كل هذا.